Lupus caritate

von Klaus-Dieter Budde

Buchbeschreibung:

Ein außer Kontrolle geratener Wahlhelfer führt, animiert durch die Wolfshetze eines Lokalpolitikers, seinen eigenen Kampf gegen den Wolf. Trotz ausgiebiger Suche nach ihm, bringt er es fertig, sich der Ergreifung geschickt zu entziehen. Jedes Mal stirbt ein weiterer Wolf. Mit hohem Einsatz gelingt es seinen Verfolgern, über die Zeit die Spur des Wolfstöters aufzunehmen. Gelingt es ihnen, den Täter zu stellen, um den Wölfen weiteres Leid zu ersparen? Wie reagiert der Lokalpolitiker? Unterstützt er die Verfolger? Oder versucht er Kapital aus der Geschichte zu schlagen? Die Antworten darauf sind für den Leser spannend niedergeschrieben.

Über den Autor:

Klaus-Dieter Budde, Jahrgang 1956, lebt mit seiner Ehefrau und Familienhund Kimba im niedersächsischen Landkreis Stade. Die Stader Geest ist dem gebürtigen Ostwestfalen ans Herz gewachsen. Lupus caritate ist bereits sein zweiter Kriminalroman um den Detektiv Bernd Kühl, er zeigt auf seine ganz eigene Art die Problematik des norddeutschen Wolfsproblems auf. Budde der bereits als jugendlicher Kurzgeschichten schrieb, entschied er sich, nach Abschluss seiner beruflichen Laufbahn, die Schreibarbeit wieder aufzunehmen.

Sein erster Roman, Der Tote im Spargelfeld, ist ein regional erfolgreiches Buch. Mit seiner Affinität zur Region und der Ortskundigen Erzählweise, eroberte er in kurzer Zeit seine Fangemeinde. Sein erster Krimi aus der Region: Der Tote im Spargelfeld erschien 2019. Budde ist nicht nur begeisterter Wanderer, er betreibt auch die Hundesportarten Dog-Trekking und Bike-Jöring. Der Schutz der Umwelt, das Tierwohl sowie Nachhaltigkeit im täglichen Leben sind für ihn ein Selbstverständnis.

Lupus caritate

Ein Kriminalroman rund um das norddeutsche Wolfproblem.

Detektiv Bernd Kühl ermittelt.

von Klaus-Dieter Budde

Dieses ist ein Roman, also eine erfundene Geschichte.
Die Handlung und sämtliche Personen des Romans sind frei
erfunden.
Jede Ähnlichkeit mit einer lebenden oder verstorbenen Person
ist nur zufällig.

*

Bibliografische Information der Deutschen Nationalbibliothek:
Die Deutsche Nationalbibliothek verzeichnet diese Publikation
in der Deutschen Nationalbibliografie; detaillierte bibliografische Daten sind im Internet über dnb.dnb.de abrufbar.

Impressum:
Herstellung und Verlag: BoD – Books on Demand, Norderstedt
Internet: klaus.dieter.budde@gmail.com
1. Auflage, Dez 2021
ISBN: 978-3-754397-53-4

Lupus caritate

Ein Kriminalroman rund um das norddeutsche Wolfproblem.

Detektiv Bernd Kühl ermittelt.

von Klaus-Dieter Budde

Inhaltsverzeichnis

Prolog

Der niedersächsische Umweltminister, gibt in einem Interview mit der Hannoverschen Allgemeinen Zeitung bekannt: Wie ein Expertengremium künftig die Betroffenen beim Umgang mit auffälligen Wölfen unterstützen soll.

«Diese Task Force entsteht vor allem, um die Weidetierhalter zu unterstützen, in deren Herden Tiere gerissen wurden. Hilfe beim Bau von Schutzzäunen ist zugesagt», schlussfolgert der Minister.

Das Gremium wird vom Wolfsbüro des Landes koordiniert. Es besteht aus Fachleuten und Ehrenamtlichen.

«Ein Schäfer mit Herdenschutzhunden wird dazugehören! Zusätzlich Fachleute für das Vergrämen von Wölfen», sagt der Politiker.

*

Das ist exakt das, was Gottwald Defehrden–Tautorath, ein Lokalpolitiker aus dem Landkreis Stade, gerne hört.

«Wölfe die Tiere gerissen haben.» Mehr braucht er nicht! Er betreibt indes eine heiße Wahlkampagne um, mit und genauso gegen die Wolfspopulation. Je nach Publikum wird der Wolf vergrämt, geliebt, erschossen. Das funktioniert im Wahlkampf «wie geschnitten Brot!» Wenn das keine Stimmen gibt. Von der Jägerschaft hat er sie sicher, er ist einer der ihren. Die Weideviehhalter sind weiterhin skeptisch, hören trotz alledem zu. Bei den Tierschützern ist das schwieriger, die haben ihn langsam durchschaut. Was solls, es ist Wahlkampf. Da ist erlaubt, was gefällt, findet der Kandidat. Nach der Wahl bewegt es keinen mehr was er da im Wahlkampf plaudert und «Mutti» in Berlin hat im Augenblick andere Sorgen. Die schaut

»Lupus caritate«
© 2020 Klaus-Dieter Budde
klaus.dieter.budde@gmail.com

nicht auf meine Kampagne.

«Also weiter so!», sagt Gottwald Defehrden–Tautorath zu seinem Wahlkampfteam.

*

Der fachlich versierte Jäger Sewolt Sausmikat, ein zweiundvierzig Jahre alter Chemiefacharbeiter und Mitglied im erweiterten Wahlkampfteam. Sieht das anders. Er schweigt sich aber aus. Sewolt unterstützt den Wahlkämpfer ohnehin nur, weil er zuletzt eine Ehescheidung mit anschließender Privatinsolvenz hinter sich gebracht hat. Hier im Wahlkampfbüro gibt es zumindest was zum Essen. Gestern hat man ihm nach dem Job zusätzlich die Wohnung gekündigt! Das bedeutet für ihn die Obdachlosigkeit. Ok, er hat in der letzten Zeit potenziell Zuviel getrunken.

Aber gleich Rausschmeißen, es sieht beschissen für ihn aus.

Sewolt hat nicht erst seit gestern eine Idee, wie er sich bei «seinen Leuten» wieder bedeutend und beliebt darstellt. Er wird wie ein Held dastehen, da ist er sich sicher.

8

»Lupus caritate«
© 2020 Klaus-Dieter Budde
klaus.dieter.budde@gmail.com

1. Kapitel Hansestadt Stade, Seminarturnhalle

Die Bundestagswahl war geschehen. Gottwald Defehrden–Tautorath verabschiedet das Wahlkampfteam im Rahmen einer bescheidenen Feierstunde in der Seminar-Turnhalle. Sewolt Sausmikat ist dabei. Er isst sich satt und wärmt sich auf. Was keiner der Anwesenden erahnt, Sewolt ist seit kurzer Zeit obdachlos.

Sewolt Sausmikat hat jedwede Hilfe durch Freunde und Bekannte abgelehnt und sich mit seinem Auto, einem alten Lada-Niva und allem, was ihm geblieben ist, in den Wald zurückgezogen. Er hört dem Redeschwall des Lokalpolitikers gebannt zu.

«...wir sind gehalten endlich dieses Wolfsproblem zu lösen, und zwar mit allem, was uns zur Verfügung steht! Dazu gehört selbst das Herauslösen einiger Tiere, wenn es nicht anders gelingt.» Gottwald Defehrden–Tautorath erregt sich dermaßen das man Angst um seine Gesundheit hat. Sewolt sinnt: *Die werden sich wundern jetzt kümmere ich mich um das Wolfsproblem.* Er steht auf und verabschiedet sich kurz und knapp.

Die Wolfshatz, wie er sein Vorhaben nennt, startet just in diesem Moment.

Die Mitarbeiterinnen und Mitarbeiter vom Wahlkampfteam lecken marginal ihre Wunden. Die «Wolfshetze» ist bei den Wählern nicht so angekommen wie geplant. Ihr Gottwald hat Federn gelassen. Die Urnengänger haben seine taktischen «Wolfsmanöver» durchschaut.

«Blöd sind die Wähler nicht! Das sollten wir uns merken!», sagt abschließend einer aus dem Wahlkampfteam.

Garstige Blicke des Lokalheros strafen ihn ab. Die

»Lupus caritate«
© *2020 Klaus-Dieter Budde*
klaus.dieter.budde@gmail.com

Stimmung ist dahin, man schleicht nachhause mit dem Wissen, das im Leben nicht alles realisierbar ist.

*

Sewolt steigt in seinen Lada und fährt zu einem Elektronikhandel in der Hansestraße. Er beabsichtig, ein paar Akkus abzuholen, die er für den Quadrokopter bestellt hat. Als Chemiefacharbeiter hat Sewolt anständig verdient und leistete sich solche Spielereien locker. Er hat sich derzeit für einen YUNEEC Typhoon H Pro mit Intel Realsense Technologie Hexakopter mit CGO3 plus Kamera 12 MP, Videofunktion, 7 Zoll Touchscreen in schwarz entschieden. Den er in Tarnfarbe umlackiert hat.

«Einhundertzweiunddreißig Euro bitte.» Die Dame an der Kasse schaut Sewolt Sausmikat skeptisch an. Vermutet sie, dass er nicht liquide ist?

«Bitteschön hier ist Ihr Geld, wenn Sie die Quittung bitte abstempeln, für die Garantie! Bin ich Ihnen verbunden.»

Bares hat Sewolt genug, da war er vor der Scheidung ein «Fuchs» und hat reichlich was an die Seite gebracht.

«Da gehen Sie bitte zur Information!», antwortet die Kassiererin freundlich.

Sewolt begibt sich zum Infostand und holt sich den Stempel ab. Nachfolgend fährt er mit seinem Lada-Niva in den Rüstjer Forst.

*

Ich bin auf dem Weg nach Stade, dort habe ich in der Hökerstraße Büroräume angemietet. Nach einer Erbschaft habe ich mich dazu durchgerungen. Ich bin in meinem Haus in Fredenbeck oft verbalen Attacken von Gegnern der Detektivarbeit ausgesetzt. Selbst vor mutwilligen

10

Zerstörungen auf dem Grundstück halten die nicht zurück. Jetzt habe ich eine Geschäftsadresse. Bin insofern in Fredenbeck nicht mehr im Focus dieser üblen Klientel.

Auf dem Weg denke ich darüber nach, wie alles anfing. Als lediger ehemaliger Berufssoldat, der seine soldatischen Erfahrungen bei Auslandseinsätzen erlangte. War ich, da Logistiker, zwar nicht an vorderster Front eingesetzt. Habe dadurch aber mehr über Land und Leute mitbekommen. Das hat mich geprägt. Unrecht oder Diskriminierung sowie gesetzloses laxes unsoldatisches Auftreten, von Vorgesetzten, sind mir ein Gräuel. Früh beeindruckt mich Recht und Gesetz. Ich setze mich damit auseinander und helfe Kameraden in disziplinaren Angelegenheiten. Versuchte, im Einsatz die Ungerechtigkeiten des Lagerlebens aufzuzeigen. Ich denke, das ist einer der Gründe, warum ich später in keinen Auslandseinsatz mehr abberufen wurde.

Kurzum ich bin unbequem und gerecht. Tierlieb und hundeversessen. Eine Partnerin hat es bei mir nie lange ausgehalten. Weil ich zeitlebens für alle da sein will. Ich habe Hellmuth und meine Aufgabe, die Welt einen Tick besser zu gestalten. Das bin ich, das wird keiner mehr ändern.

*

Heute stellen sich am Nachmittag drei Bürokräfte vor. Ich bin gespannt, ob was Passendes dabei ist. Das ist mein zweiter Versuch, per Anzeige etwas Vernünftiges zu finden.

«Spotter», habe ich die Detektei genannt. Das kommt aus dem Lateinischen und heißt Aufklärer. Das Firmenschild schaut gefällig aus in der Hökerstraße. Nach Ankunft im Büro sehe ich die Post durch. Nebenbei schalte ich den Kaffeeautomaten ein, ich beabsichtige, den Damen bei ihrer Vorstellung Kaffee

»Lupus caritate«
© 2020 Klaus-Dieter Budde
klaus.dieter.budde@gmail.com

anzubieten. Gebäck habe ich gegenüber im Altstadtcafé besorgt. Eine ausgezeichnete Adresse, da gibt es leckeres Frühstück, wie man sich erzählt.

Ich strebe an, das in naher Zukunft auszuprobieren, und rufe meinen Freund Uwe Schmittmeyer von der Kripo an und lade ihn für den nächsten Tag zum Frühstück ein.

Wir haben lange nicht mehr miteinander gesprochen, seit der Geschichte in Kanada habe ich doppelt und dreifach gearbeitet. Ferner die Entscheidung mit der Detektei. Ungewollt hat man sich in der Hektik der Arbeitswelt aus den Augen verloren. Uwe stimmt vergnügt zu, wir haben uns bestimmt alles Mögliche zu erzählen.

Da kaum Zeit ist, marschiere ich mit Hellmuth meinem Tamaskan-Rüden eine kurze Gassirunde durch die historische Altstadt von Stade. Von den alten Giebeln der Häuser rund um den Fischmarkt kann ich nie genug bekommen. Hellmuth fasziniert mehr die Hundewelt und er versucht, mit jeder Hündin die uns begegnet anzubändeln.

Der Tamaskan ist eine Hunderasse aus Finnland. Die man züchtet um der Urform des Hundes, dem Wolf nahezukommen, ohne die positiven Wesensmerkmale eines Haushundes zu verlieren. De facto handelt es sich, um eine Rückzüchtung, bei der man aus Haushunden wieder ein wolfsähnliches Tier züchtet.

Zurück in der Detektei stellt sich gleich die erste Dame vor. Das ist nichts! Ist mein sofortiger Reflex, da stimmt die Chemie nicht. Ich bin verbindlich korrekt, biete ihr außer Platz nichts an. Nach dem ich mir alles angehört und die eine oder andere Zwischenfrage gestellt habe, sage ich ihr, dass sie nicht das ist was ich für meine Detektei Suche. Sie verabschiedet sich artig

»Lupus caritate«
© 2020 Klaus-Dieter Budde
klaus.dieter.budde@gmail.com

und verlässt das Büro. Ich habe den Eindruck, sie hat das erwartet.

Kurz darauf erscheint die nächste Bewerberin. Diese Lady kümmert sich gar nicht um mich, sondern beschäftigt sich zuerst mit Hellmuth. Der ist hingerissen ob der Zuwendung und tollt mit der sportlichen Dame, ich schätze sie auf Mitte dreißig, wie entfesselt herum. Ich räuspere mich und erhalte die Aufmerksamkeit die ich, wie ich finde, verdiene. Die Dame stellt sich mit Tamara Schmitt vor, lächelte mich an und fragt: «Wo haben Sie denn diesen stattlichen Hund her?»

«Den habe ich von einem Züchter aus dem Münsterland», beantwortete ich ihre Frage.

«Erstklassiges Tier!», sagt sie hingerissen.

«Ist der immer mit dabei im Büro?» Ich erkläre ihr, dass Hellmuth ständig bei mir ist, und daher in der Geschäftsstelle verweilt, wenn ich anwesend bin.

«Prima!», ruf sie beschwingt, das erinnerte mich an eine Pferdetrainerin aus dem TV, die diese Lobelei bei ihrem Pferdetraining benutzt.

«Haben Sie ebenfalls einen Hund?»

«Ja eine belgische Schäferhündin. Astana heißt sie und ist vier Jahre alt», berichtet sie.

«Ist Ihre Hündin kastriert?», frage ich nach.

«Ja, leider, sie hatte Zysten an der Gebärmutter, da blieb mir nichts anderes übrig.»

«Dann bringen Sie, falls wir uns einigen, Ihre Hündin mit ins Büro. Wenn Sie möchten.»

Im Grundsatz habe ich mich lange entschieden. Dass die Rahmenbedingungen, die ich in der Annonce gefordert habe stimmen, erhoffe ich mir. Genauso ist es, Tamara Schmitt

»Lupus caritate«
© 2020 Klaus-Dieter Budde
klaus.dieter.budde@gmail.com

spricht fließend Englisch und hat eine Ausbildung im Kommunikationsmanagement. Im Übrigen steht sie den Herausforderungen der Informationstechnik aufgeschlossen gegenüber. Was für mich erfreulich ist, denn ich habe mir für meine Büroräume eine der modernsten IT-Ausstattungen gegönnt. Da brauche ich eine Bürokraft, die nach einer Unterweisung durch die IT-Firma, in der Lage ist, mir das nahezubringen. Wir geben uns die Hand, am Montag ist ihr erster Arbeitstag und sie wird gleich ihre Hündin mitbringen. Ich zeige ihr die Räumlichkeiten und ihr Büro. Das mit 25 Quadratmetern ausreichend Platz für den Hund bietet. Kurz darauf verabschieden wir uns. Ich habe das Gefühl, das ist konkret die Bürokraft, die ich brauche.

Nachdem ich ein paar Rechnungen aufgearbeitet habe, öffnet sich die Tür.

«Hallo ist da jemand?»

Ich eile nach vorn und erspähe an der Tür eine überängstliche Dame, um die fünfzig.

«Was darf ich für Sie tun?», frage ich sie, nachdem ich sie begrüßt habe.

«Ich komme wegen des Jobs!», antwortet sie.

«Aber das hat sich schon erledigt!», bemerkt sie und zeigt bange auf Hellmuth, der verschlafen in seinem Hundebett liegt.

Ich beruhige die Dame und sage ihr, dass der Job vergeben ist. Was sie mit einem erleichterten Lächeln aufnimmt.

«Wenn Sie mir bitte noch Ihre Absage und meine Bewerbung auf diesem Formular für die Agentur für Arbeit bestätigen, bin ich Ihnen sehr dankbar», sagt sie und hält mir ein Formblatt der Bundesanstalt für Arbeit unter die Nase.

»Lupus caritate«
© 2020 Klaus-Dieter Budde
klaus.dieter.budde@gmail.com

Ich erfülle ihr den Wunsch. Die dritte Bewerberin habe ich total vergessen. Dass sie Angst vor Hunden hat, erleichtert mir die Absage. Zumal es ja eher fair wäre, wenn ich mich erst nach der letzten Bewerbung entschieden hätte. So ist ja nochmal alles glimpflich abgelaufen, finde ich.

Verschließe die Detektei und begebe mich auf den Weg in Richtung Fredenbeck, meinem Zuhause.

*

Am nächsten Morgen absolviere ich die tägliche Laufstrecke in Rekordzeit. Das ist prima, denn ich trainiere für einen Wettkampf im Oktober. «Tough-Hunter» heißt der Wettbewerb und findet auf Schloss Arenfels in Bad Hönningen statt. Ich dusche ergiebig und fahre mit Hellmuth nach Stade. Dort angekommen baue ich zu Anfang eine Regalwand im Büro von Tamara Schmitt auf. Zusätzlich einen Empfangstresen. Jetzt ist das Empfangsbüro fertig. Heute Nachmittag hole ich bei Foto Schattke die Bilder für die Büroräume ab. Alles eigene Fotografien von zahlreichen Exkursionen. Vergrößert und gerahmt sehen sie gewiss vortrefflich aus.

Gegen 09:00 Uhr ist Frühstück angesagt. Ich habe mich mit Uwe Schmittmeyer im Altstadtcafé verabredet. Vorsichtshalber habe ich reserviert, das leckere Frühstücksbuffet, das man jeden Morgen hier anbietet, ist beliebt. Zum Preis von knapp zwölf Euro schlemmt man hier, solange man Appetit hat.

Wir haben einen Tisch am Fenster, nach hinten raus. Uwe, der hier bisher nicht war, ist angetan vom reichhaltigen Angebot. Der Service ist flink, die Atmosphäre gediegen, wir fühlen uns behaglich und sind gleich im Gespräch über unsere

15

»Lupus caritate«
© 2020 Klaus-Dieter Budde
klaus.dieter.budde@gmail.com

Arbeit. Ich berichte Uwe von meiner Erbschaft und der gegenüberliegenden Detektei. Von der unvorhersehbaren Auftragsflut nach dem Einsatz beim Spargelmord.

«Es läuft im Moment recht erfreulich, ich suche mir die Aufträge schon aus!», berichte ich mit stolzgeschwellter Brust.

«Da gratuliere ich! Bei uns ist es genau umgekehrt, außer einem Einsatzwochenende beim G20-Gipfel in Hamburg, bei dem ein Kamerad verletzt wurde. Ist Gott lob nicht massig zu arbeiten!», antwortet Uwe.

Wir sprechen über die Chaoten rund um die Rote Flora und den Unwillen des Hamburger Senates, hier irgendetwas zu ändern.

«Die lutschen den Spinnern den Zucker rund, bevor sie ihn denen in den Hintern blasen!», echofiert sich Uwe.

Ich begreife die Wut, am Ende ist einer seiner Mitstreiter verletzt worden.

«Und glaub mir, bei der Nachlese der Hamburger Gerichtsbarkeit passiert nichts! Bisher sind die auf dem linken Auge gerne blind. Du wirst sehen, ich habe Recht!»

Ich versuche, Uwe Schmittmeyer zu besänftigen. Es schauen zunehmend Gäste zu uns herüber.

«Ja, ja ich beruhige mich ja schon wieder! Das musste jetzt mal raus!», entschuldigt sich Uwe.

In der Folge sprechen wir über das Wahlergebnis der Bundestagswahl. Mutti hat es dieses Mal, weil die SPD sich lange zierte, mit Ach und Krach geschafft. Dito ist die Bundespolitik wieder in einem friedvollen Fahrwasser. Was für Europa und unsere Wirtschaft klar von Vorteil ist.

Nach dem Frühstück bummeln wir hinüber in die Detektei. Hellmuth freut sich wie Bolle, wie er Uwe nach langer Zeit

»Lupus caritate«
© 2020 Klaus-Dieter Budde
klaus.dieter.budde@gmail.com

wiedersieht.

«Da hast du ja wahrlich rangeklotzt! Und deine technische Ausstattung, Hut ab!», lobt Uwe die Detektei.

«Ist bislang gar nicht alles fertig, die Dekoration und die Bilder fehlen am Ende», antworte ich bescheiden.

«Eine Angestellte habe ich ab Montag eingestellt. So bin ich immer hier erreichbar», verkünde ich.

Uwe Schmittmeyer schaut sich alles an.

«Gemütlich, das gefällt mir extrem gut, hier könnte ich arbeiten!»

«Wenn du in Pension gehst, darfst du gerne einmal anfragen. Sensitive Leute werden immer gesucht», antworte ich mit einem Lächeln.

Wir verabschieden uns mit dem gegenseitigen Versprechen öfter gemeinsam zu frühstücken. Ich Puschel ein bisschen an der Deko herum und erledige die Post, die zwischenzeitlich eingetroffen ist.

Später spaziere ich mit meiner Kamera bewaffnet und Hellmuth im Schlepptau, eine Runde durch die Stadt. Motive gibt es in Stade genug. Ich probiere es heute am Hafen. Da ist gestern ein alter Gaffelsegler reingekommen.

»Lupus caritate«
© 2020 Klaus-Dieter Budde
klaus.dieter.budde@gmail.com

2. Kapitel Mitte März, NSG Beverner Wald

Es ist ein sonnenklarer Spätwintertag. An der alten Köhlerhütte bei Schorsch versammeln sich die Schüler der dritten und vierten Klassen der Grundschule Bremervörde. Ständig fahren Eltern vor. Laden ihre Kinder aus, weisen nochmal auf anständiges Benehmen hin und sind wieder weg, um dem nächsten «Kindertransporter» vorzulassen.

Bevern, ist ein südlich des eigentlichen Stadtgebietes liegender Ortsteil der Stadt Bremervörde, im Landkreis Rotenburg (Wümme). Die Leiterin der Aktion «Naturnahes Wandern» der Grundschule, im Naturschutzgebiet Beverner Wald, ist Ursula Richtich. Die Klassenlehrerin der 4a. Ein natürlicher Charakter, bei alledem durchsetzungsstark, was sie grade unter Beweis stellt, indem sie um Ruhe bittet.

Sie erklärt den Schülern den gedachten Tagesablauf. Am Ende der Tour ist geplant, dass sie mit Schorsch an der alten Köhlerhütte Stockbrot backen. Die Kids sind Feuer und Flamme. Das ist alles besser, wie bei diesem Wetter im Klassenzimmer zu büffeln. Nachdem jedermann eingetroffen ist, wandern sie mit einem vergnüglichen Lied auf den Lippen los.

Achthundert Meter sind es geschätzt, bis man an Plönjeshausen vorbei, den Beverner Wald erreicht.

«Ab hier seid bitte still! Dann haben wir eine Chance, dass ein oder andere Wild zu sehen!», ruft die Lehrerin in die Runde.

Sie hat kurz Sammeln lassen, um ein paar Worte über Flora und Fauna an die Schüler zu richten. Beim Vortrag verfolgt sie mit ihrem Blick, eine von diesen neuen Flugdrohnen, die in größerem Abstand hinter den Kindern

»Lupus caritate«
© 2020 Klaus-Dieter Budde
klaus.dieter.budde@gmail.com

vorbeifliegt und im Wald verschwindet. Sie findet nichts dabei, ist nur verwundert, da das im Naturschutzgebiet nicht erlaubt ist. Sie wandern langsam weiter und beobachten die Umgegend. Unter Umständen lässt sich ja ein Rehbock sehen, oder ein Fuchs. An einer Hütte im Wald ist eine kurze Rast. Hier ist geplant, dass die Kinder ihre mitgebrachten Brote essen.

Mithilfe einer von Schorsch vorbereiteten Grabbelkiste, probieren die Schüler verschiedene Gegenstände aus dem Wald zu erfühlen. Kastanien, Tannenzapfen, Pilze sowie diverse Knochen, Federn und Geweihteile eines Rehbocks.

*

Sewolt Sausmikat hat lange getestet. In diesen Minuten ist er soweit. Er hat seinen Empfänger umprogrammiert. Damit werden alle Tiere, die mit einem GPS-Sender ausgestattet sind, im Umkreis von zwei Kilometern geortet. Er hat den ganzen Winter geprobt und gebastelt. Aktuell wird er, mithilfe seines Quadrokopters in dem der Empfänger verbaut ist und der eigens installierten Kamera, das Umfeld nach besenderten Wölfen absuchen. Denn er gelüstet, sie zu jagen und zu töten, alle!

Die Bastelei ist ihm nicht leichtgefallen. Er hat ja keinen einwandfreien Arbeitsplatz. Erledigt alles in seinem Lada. Dank des Herstellers verfügt das Auto über eine vortreffliche Standheizung. Sonst ist das bei dem eisigen Winter nicht durchführbar. Er hat wieder und wieder seinen Standort gewechselt, um nicht aufzufallen. Sewolt zieht sich seine alte gefütterte NVA Winteruniform an. Es ist ein so genannter «Ein-Strich-kein-Strich» Anzug. Der für die heute herrschende Außentemperatur optimal ist. Nebenbei richtet er seinen

19

»Lupus caritate«
© 2020 Klaus-Dieter Budde
klaus.dieter.budde@gmail.com

Quadrokopter für den Start her. Er greift das Bedienteil und klappt das Notebook auf. Auf einer übersichtlichen Lichtung aktiviert er das Fluggerät und absolviert zuerst einen Orientierungsflug, um die Örtlichkeiten besser kennen zu lernen.

Im Hintergrund erkennt er eine Gruppe Schulkinder, die wie es aussieht, an einer Waldführung teilnehmen. Das stört ihn nicht. Sewolt Sausmikat stellt den Empfänger ein und fliegt das Gebiet «Beverner Wald» großflächig ab. Da ist das erste Signal! Wie elektrisiert schaltet Sewolt die Kamera zu und nähert sich dem Erkennungssignal an. Da die Koordinaten des Erkennungszeichens ermittelt sind, ist es nicht schwer, das gekennzeichnete Tier aufzustöbern. Er hat ihn! Seinen ersten besenderten Wolf. Die Kamera zeigt einen ausgemergelten Einzelgänger, der sich unter einer Buche auf einer seichten Erhöhung bequem niedergelegt hat. Sewolt speichert die Koordinaten ab und fliegt den Quadrokopter durch eine Brandgasse zurück zum Auto. Die Drohne hat ihren Zweck erfüllt, sie wird wieder verpackt und im Lada verstaut.

Daraufhin greift Sewolt Sausmikat eines seiner Jagdgewehre und nähert sich mithilfe des GPS-Gerätes, einem Garmin S64, an sein erstes Opfer an. In diesem Augenblick da er bald am Ziel seiner Mission ist, den Wolf zu töten, ist er relax.

Besonnen nähert er sich weiter an. Kurz vor dem erkundeten Aufenthaltsort des Wolfes bewegt Sewolt sich direkt am Boden und vermeidet es, auf trockene Äste zu treten. Dünne Zweige räumt er behutsam aus dem Weg. Im Ergebnis hat er den Wolf vor sich, ca. dreißig Meter halb links.

Sewolt legt das Gewehr, welches er zuvor durchgeladen

»Lupus caritate«
© 2020 Klaus-Dieter Budde
klaus.dieter.budde@gmail.com

hat, an seine Wange und visiert den Isegrim über Kimme und Korn an. Er schließt kurz die Augen und zieht den Abzug durch. Ein Schuss, der Wolf bäumt sich unverwechselbar auf und fällt reglos zu Boden. Sewolt steht auf, rennt zum Wolf hin, holt sein Jagdmesser aus der Scheide und entfernt dem Meister Isegrim mit einem glatten Schnitt das rechte Ohr. Später fertigt er ein Foto an und verlässt den Ort.

Wieder am Fahrzeug angekommen verstaut Sewolt die Waffe. Greift das Ohr und versieht es mit einer Ohrmarke mit der Nummer eins. Das Ohr verpackt er in einem Gefrierbeutel in einer Kühltasche.

Nachdem Sewolt sich umgezogen und gereinigt hat, fährt er nach Bremervörde und gönnt sich in einem Imbiss eine Currywurst und ein alkoholfreies Bier. Er ist mit sich zufrieden. Die Technik hat funktioniert, der erste Wolf ist tot. Den nächsten Wölfen ergeht es ähnlich.

Gottwald Defehrden–Tautorath ist gewiss beeindruckt. Endlich ist da jemand, der es anpackt.

*

Ursula Richtich hört den Schuss. Die anderen Wanderer haben das nicht vernommen, sie ist sich sicher! Das war ein Gewehrschuss. Da sie in einem Naturreservat sind, in welchem zurzeit Jagdverbot herrscht, weil eine Bestandsaufnahme ansteht, schreibt sie sich die Uhrzeit und die Richtung aus der der Schuss kam auf.

Am Nachmittag strebt sie an, mit den Mitstreitern ihrer Umweltgruppe, hier nach dem Rechten sehen.

Das Ende der naturnahen Wanderung ist erreicht und Stockbrotbacken angesagt. Schorsch hat alles vorbereitet. Teig und Stöcke liegen bereit, die Feuerstellen sind entfacht. Das

»Lupus caritate«
© 2020 Klaus-Dieter Budde
klaus.dieter.budde@gmail.com

Stockbrotbacken ist eröffnet. Derweil die Kinder sich dem Backen zuwenden, telefoniert Ursula Richtich mit ihren Unterstützern aus der Umweltgruppe. Sie hat ein mulmiges Gefühl und beabsichtigt gleich nach Schulschluss, gegen 14:30 Uhr anzufangen. Denn es ist ja um 18:00 Uhr wieder finster.

Sie mobilisiert sechs Mitstreiter, die bereit sind mit ihr zu erforschen, was das mit dem Schuss auf sich hat.

14:45 Uhr, die letzten Eltern trudeln ein, um ihre Kinder abzuholen. Es ist ständig dasselbe. Für ein paar Erziehungsberechtigte ist die Schule ein Ersatz-Hort, an dem man beliebig seine Kinder parkt. Die entschuldigen sich nicht ein einziges Mal, wenn sie zu spät kommen. Überwiegend gebildete Eltern. Nicht die anspruchslosen Bürgerinnen und Bürger. Eindeutig Waldorfschüler findet Ursula Richtich. Sie hatte einst an einer solchen Schule ein Lehramtsreferendariat und nach geraumer Zeit befürchtet, genauso zu geraten. Was sie bewog, das Referendariat abzubrechen und an eine konventionelle Schule zu wechseln.

*

Ihre Umweltaktivisten warten schon eine halbe Stunde. Nach kurzer Begrüßung und Schilderung des Sachverhalts fahren sie mit ihren Fahrrädern zuerst zu der Stelle, wo Ursula den Schuss gehört hat.

«Hier war es! Ich schlage vor, dass wir ab hier zu Fuß in die Schussrichtung loslaufen. Abstand 10 Meter zueinander, so haben wir direkten Kontakt!», schlägt Ursula vor.

Die Mitstreiter sind einverstanden und suchen im Gelände nach Auffälligkeiten. Nach einer Stunde mühseligen Durchkämmens, entdeckt ein Aktivist den verendeten Wolf unter einer Buche. Wie sie näherkommen, sehen sie, dass man dem Lupus ein Ohr abgeschnitten hat.

«So eine verdammte Sauerei!», schimpft er. Ursula und die anderen pflichten ihm bei. Ursula Richtich fackelt nicht lange und ruft bei der Polizei-Dienststelle in Bremervörde an. Die versprechen ihr sofort einen kundigen Beamten zu mobilisieren. Fünfzehn Minuten später fährt ein Streifenwagen vor.

«Oberkommissar Raginhard Toschak!», stellt sich der circa dreißigjährige Beamte vor.

Er ist kurz geraten, hat dennoch eine kräftige Figur.

«Wer hat denn jetzt so dicht vor Feierabend bei uns angerufen?», bollert er los.

«Das war ich!», meldet sich Ursula und schildert den Sachverhalt.

«Wegen eines toten Wolfes rufen Sie an? Seien Sie froh das der Tod ist! Gibt auf jeden Fall zu viele davon!», regt er sich auf.

«Nehmen Sie das Geschehen auf und stellen den Wolf sicher! Oder ist es erforderlich, dass ich erst Ihren Vorgesetzten kontaktiere, damit Sie hier mal in Gang kommen?»

Ursula lässt sich von diesem Bullerkopf nicht einschüchtern. Sie kennt ihre Rechte.

«Kommen Sie mal wieder runter!», beschwichtigt der Polizist.

«Ich bin selbst Jäger und Sie glauben gar nicht was für Schäden die Wölfe bei unseren heimischen Tieren anrichten», klagt der Beamte.

«Der Wolf ist gleichermaßen ein heimisches Wildtier! Er ist Ihnen nicht genehm, weil Sie ihn nicht jagen dürfen. Aber

»Lupus caritate«
© 2020 Klaus-Dieter Budde
klaus.dieter.budde@gmail.com

dennoch nehmen Sie diesen Fall hier und jetzt auf! Darauf bestehen wir! Haben Sie das verstanden?»

Kleinlaut sichert der Beamte die Spuren, er fotografiert und stellt den Wolf sicher. Hierzu verpackt er den Canis lupus, der besendert ist, in eine Plastikplane ein und legt ihn in eine Kunststoffwanne, die in seinem Fahrzeug verstaut ist.

«Haben Sie protokolliert, dass das rechte Ohr so wie es aussieht, abgeschnitten wurde?», hakt Ursula Richtich nach.

«Keine Sorge, habe alles Notwendige aufgenommen», antwortet der Polizeibeamte gemäßigt.

Er hat gemerkt, dass da, mit Ursula Richtich jemand ist, die sich auskennt. Er verspricht darüber hinaus ihr Bescheid zu geben, wenn sich in dem Fall irgendetwas ergibt.

«Was passiert jetzt mit dem Wolf?», erfragt Ursula.

«Der Wolf kommt zuerst bei uns in die Kühlung und wird am Morgen nach Hannover an die tiermedizinische Hochschule zur weiteren Untersuchung gebracht», antwortet der «Bullerkopf».

Im Übrigen verabschieden sich beide Parteien noch leidlich versöhnt. Jeder ist auf seinem Nachhauseweg in Gedanken bei dem toten Wolf. Der eine merklich erfreut, die anderen traurig berührt.

*

Am nächsten Morgen, Ursula Richtich hat kaum geschlafen, sie ist ob des Fundes geschockt. Vermag das Bild nicht vergessen, wie der tote Wolf da vor ihr lag mit dem abgeschnittenen Ohr. Das ist ein perverser Tiermörder, urteilt sie. Da haben wir die Verpflichtung, etwas zu finden, was speziell den Wölfen hilft. Sie telefoniert ihre Mitstreiter an und sie verabreden sich für den Nachmittag in einem Café in

24

»Lupus caritate«
© 2020 Klaus-Dieter Budde
klaus.dieter.budde@gmail.com

Bremervörde.

Zur Zeit des Unterrichts sind fortdauernd die Bilder vom Vortag in ihrem Kopf. Ursula fiebert dem Schulschluss entgegen. Nach gefühlten zehn Stunden ist der Unterricht zu Ende. Ursula schwingt sich aufs Rad und fährt zügig zum verabredeten Treffpunkt. Dort trinken alle zuerst einen Cappuccino und lassen das Gestern erlebte, nochmal Revue passieren.

«Wir sollten eine Tierschutzinitiative Gründen!», schlägt einer vor.

«Eine ausgezeichnete Idee. Dann brauchen wir aber einen Namen!», wirft ein anderer ein.

Sie einigen sich nach kurzer Diskussion auf, «Lupus caritate». Rainer, ein Mitstreiter von Ursula, wird sich um die Homepage kümmern.

Ursula sagt zu, die Tierschutzinitiative Lupus caritate bei den Behörden anzumelden und die Pressevorstellung vorzubereiten. Am Abend begeben alle zufrieden nachhause. Sie haben das Gefühl, was erledigt zu haben.

*

Sewolt Sausmikat hat durch die Presse erfahren, dass man Unweit von Horneburg einen einzelnen Wolf gesehen hat.

Nach einem Telefongespräch. Welches er aus einer der letzten Telefonzellen in Stade, mit der tiermedizinischen Hochschule in Hannover führt. Erfährt er, dass es ein besenderter Wolf ist, der im «Rüstje» sein Unwesen treibt. Das Jagdfieber hat Sewolt gepackt. Er legt er sich mit seinem Lada in geringer Entfernung zu Issendorf, im «Rüstjer Forst», in unmittelbarer Nähe zu einem Spargelfeld auf die Lauer.

25

Von hier fliegt er das Gebiet Planquadrat für Planquadrat mit der Drohne ab. Um das Signal des Wolfes, der hier im Forst ist, aufzuspüren.

»Lupus caritate«
© 2020 Klaus-Dieter Budde
klaus.dieter.budde@gmail.com

3. Kapitel Lupus caritate

Ich sitze im Büro in der Hökerstraße und lese beim Kaffee das Tageblatt meiner Stadt. Es ist ein Bericht über Wölfe im Mittelpunkt der Berichterstattung der Zeitung. Das wir die Tiere wieder in unserem Land haben, finde ich ausgezeichnet. Wie in der Presse von einigen unbedeutenden Lokalpolitikern forciert, Stimmung gegen diese Spezies erzeugt wird, ist mir seit Längerem ein Dorn im Auge. Die kommen nicht umhin differenzierter mit dieser Thematik umzugehen. Denn in erster Linie ist es trotz alledem der Mensch, der die Umwelt schädigt. Nicht die Tiere, die mit ihren Urinstinkten ums Überleben kämpfen.

Mich hat diese Hetze schon im Bundestagswahlkampf aufgeregt. Da hat sich ein schlichter Lokalpolitiker namens Gottwald Defehrden–Tautorath hauptsächlich ins Zeug gelegt um mit dem Wolfsthema Stimmen zu fangen. Das hat aber nicht so eingeschlagen, wie man hört. Defehrden-Tautorath war mit einem blauen Auge davongekommen.

Wie es scheint, hat er nichts dazugelernt. Denn er kommentiert wahrlich wieder das Wolfsgeschehen im Landkreis. Tritt sogar in der Presse wie ein so genannter Wolfsexperte auf. Der ist erst zufrieden, wenn er einen präparierten Wolf in seiner Diele stehen hat! Schätze ich die Sachlage ein und falte die Zeitung zusammen.

Tamara, meine neue Bürokraft kommt herein und wir sprechen über den Bericht, der mich aufgeregt hat. Sie hat nach kurzer Zeit ein Gefühl dafür, wann ich empört bin. Sie beruhigt mich und schenkt Kaffee ein.

«Heute haben sie im Rüstjer Forst bei Issendorf einen toten Wolf gefunden. Erschossen! Wie die Leute erzählen!»,

27

berichtet sie.

«Woher hast du das?», frage ich erstaunt, «ich habe davon nichts gelesen.»

«Eine Freundin aus Deinste hat an der Bergung des Tieres teilgenommen, sie wurde als Tierärztin hinzugerufen», erklärt Tamara mir.

«Na, da hat sicher einer der Jäger die Nerven verloren!», mutmaße ich. So weit ist es gekommen, jetzt schießt man die Wölfe konkret ab.

«Wie pervers ist das denn!», rege ich mich wieder auf.

Ein Telefonat mit einem Mandanten lenkt im Weiteren ab. Er bedankt sich bei mir dafür, dass ich sein Anliegen diskret behandelt habe. Er ist zufrieden, ich habe ihm durch meine Recherchen, die Summe von 25.000 Euro gerettet. Der Herr will mich bei Gelegenheit weiterempfehlen. Ich beende nach einem artigen Dankeschön das Gespräch und widme mich meinem Hund. Hellmuth ist arbeitsbedingt zu kurz gekommen und fordert seine Streicheleinheiten ab. Ich schnappe mir die Leine und wir bummeln unsere Runde durch die Innenstadt.

*

Wie ich zurückkomme, steht Tamara in der Tür und lächelt verschmitzt.

«Na was ist passiert?», frage ich voller Neugier.

«Ich weiß, wir haben ein ausreichendes Auftragsvolumen und ich bin angehalten nichts mehr anzunehmen, aber ich habe da eine Sache, die glaube ich, von Interesse ist!», druckst sie herum.

«Sag schon, was für eine Sache ist das?», fordere ich sie auf, ihre Geschichte zu erzählen. Sie berichtet mir von der Tierschutzinitiative «Lupus caritate», aus Bremervörde die

28

»Lupus caritate«
© 2020 Klaus-Dieter Budde
klaus.dieter.budde@gmail.com

einen Termin bei mir avisiert.

«Es betrifft die toten Wölfe!», sagt Tamara.

«Wölfe? Ich denke, da ist ein Wolf abgeschossen worden?» Sie schildert, dass vor einer Weile im Beverner Wald schon ein Wolf mit einem Gewehr erlegt wurde.

«Ok, mach den Termin, für so etwas haben wir immer Zeit!» Tamara nimmt das mit einem Lächeln zur Kenntnis, sie weiß langsam, wie ich ticke.

«Habe ich im vorauseilenden Gehorsam schon veranlasst, die Dame eine Frau Richtich kommt morgen um neun!» Grinst sie und verschwindet in ihrem Büro. Tamara Schmitt hat sich rasch zurechtgefunden in meiner Detektei. Arbeitet ausgezeichnet mit den Mandanten, einfühlend liest sie zwischen den Zeilen. Was nicht zuletzt die Menschen veranlasst, das zu sagen, was sie ursprünglich verschweigen. Für mich ist Tamara unersetzlich. Ihre belgische Schäferhündin Astana, eine Laekenois, kommt mit Hellmuth vortrefflich zurecht. Daneben haben meine kommunikationstechnischen Kenntnisse, dank Tamaras beharrlicher Einweisung, belastbare Fortschritte erreicht.

*

Am nächsten Morgen pünktlich um neun steht Frau Richtich vor der Tür, Tamara platziert sie in der Mandantensitzgruppe wie wir es nennen. Schenkt Kaffee ein und reicht dänisches Gebäck. Wie ich dazukomme, plaudern die beiden, wie wenn sie sich lange kennen. Das ist Tamara, sie beherrscht es, eine vertraute Atmosphäre herzustellen, in der sich die Mandanten Wohlfühlen. Ich stelle mich zu Anfang vor und setze mich dazu. Tamara zieht sich unter einem Vorwand diskret zurück.

»Lupus caritate«
© 2020 Klaus-Dieter Budde
klaus.dieter.budde@gmail.com

«Ja, Frau Richtich was darf ich für Sie erledigen? Es betrifft die toten Wölfe, soweit ich informiert bin!», eröffne ich das Gespräch.

«Ursula bitte! Ja das erkläre ich Ihnen. Denn ich kann mir schon vorstellen, dass Sie nicht so oft vor der Aufgabe stehen, einen Tiermörder, in diesem Fall einen Wolfsmörder zu suchen.» Ursula Richtich erzählt von den Geschehnissen im Beverner Wald und wie unkooperativ dieser Polizist war.

«Was ich dem Wachtmeister nicht gesagt habe, es ist mir erst später wieder eingefallen. Da war am Morgen so ein Fluggerät, diese ferngesteuerten Dinger, die heute fast jeder Bengel hat, am Waldrand am Himmel.» Ursula vermutet, dass der «Pilot» des Gerätes was gesehen hat.

«Ursula, Sie meinen eine Flugdrohne. Das ist ja schon mal ein Ansatzpunkt. Aber sagen Sie, wie sind sie auf meine Detektei gekommen?»

«Ach, ich bin Grundschullehrerin und eine alte Freundin, die Nora, die lange im Ruhestand ist, hat Sie mir empfohlen. Wie ich da auf Ihrer Homepage den Hellmuth gesehen habe, der ja wie ein Wolf aussieht, habe ich darauf vertraut, das Sie der Richtige sind!»

«Ok, interessiert bin ich, aber wie ist das mit den Kosten? So eine Recherche ist ja nicht direkt günstig?», kläre ich sie über die wirtschaftliche Seite auf.

«Das bekommen wir hin. Wir haben in einem namhaften Autohaus einen Sponsor für diese Aktion gefunden!», berichtet sie und erklärt, dass da andere Geldgeber im Gespräch sind, hier das Ergebnis bislang offen ist.

Ich greife mir den Auftrag. Bin gespannt, was das für ein Mensch ist, der armselig Wölfe abschießt. Ursula Richtich

»Lupus caritate«
© 2020 Klaus-Dieter Budde
klaus.dieter.budde@gmail.com

verabschiedet sich und begibt sich vor zu Tamara, um das Administrative abzuwickeln. Ich fahre den Rechner rauf und rufe die Seite des Wochenblattes auf. Das ist überregional und ich erhoffe mir Zugriff auf die Bremervörder Ausgabe.

*

Sewolt Sausmikat sitzt auf dem Elbdeich beim Lühe-Anleger, er hat sich unten an der Bude einen Kaffee geholt und schaut den Schiffen nach. Wo schippern diese Pötte hin? Bei Sewolt kommt Fernweh auf, das hat er jedes Mal, wenn er den dicken Containerriesen nachschaut. Den Wolf im Rüstjer Forst hat er rasch lokalisiert. Der Abschuss klappte problemlos, bei der Abfahrt hat er einen, blauen VW-Polo tuschiert. Der stand derart blöde am Wegesrand, das war reine Provokation.

Der Fahrer ist aus dem Wald hinter ihm hergelaufen, Sewolt hat sich erlaubt zu verschwinden. Er hofft darauf, dass der Polofahrer sich nicht das Kennzeichen gemerkt hat, das mit Dreck überschmiert war.

Sewolt ist heute schlecht drauf, er trauert seiner Ehe nach. Hätte er der Ehefrau in früheren Zeiten besser zugehört, wäre es nicht so weit gekommen und er weiterhin in Lohn und Brot. Das Einsiedlerleben, das er ein halbes Jahr durchgehalten hat, ist auf Dauer nichts.

Das Einzige, was ihn hochhält, sind die Wölfe. Er hat keine andere Wahl, das ist seine Mission und er wird das Schaffen, da ist er sicher. Sewolt Sausmikat beschließt, das Revier zu wechseln, in die Nordheide. Nach Niederhaverbeck, da war er vor zwei Jahren und kennt sich dort prima aus. Da wird er ein adäquates Versteck für seinen Lada finden. Die Wolfspopulation ist in der Heide größer und er braucht nicht

31

diesen Einzelgängern nachjagen.

*

Ich habe im Wochenblatt für die Region Bremervörde nichts von einem Wolfsabschuss gelesen. Über den Abschuss bei Issendorf ist in den Medien ebenso kein Artikel zu finden. Ich rufe meinen Freund Uwe an. Hilft er mir weiter? Ich schildere ihm mein Anliegen, Uwe fragt nicht lange und nennt mir die Ansprechpartner bei der Bremervörder sowie der Stader Polizei.

Es fällt ja nicht in sein Ressort, wenn ein Wolf erschossen wird. Ich bedanke mich und rufe gleich in Bremervörde an.

Der Beamte, mit dem ich spreche, ist kooperativ. Ich habe das Gefühl, er zielt darauf ab die «Wolfssache» rasch vom Tisch zu haben und ist erleichtert, dass ich mich kümmere. Er verspricht mir die zugänglichen Unterlagen zu mailen. In Stade hat die Polizei ein offenes Ohr und gedenkt zu helfen.

«Hat dem Wolfskadaver bei Issendorf auch ein Ohr gefehlt?», hake ich nach.

«Wie kommen Sie darauf, und wieso auch?», fragt der Beamte der Stader Polizei nach. Ich schildere ihm das im Landkreis Rotenburg (Wümme) ein Wolf abgeschossen wurde.

«Das ist mir neu!», wundert sich der Polizist.

«Aber, ja bei unserem Wolf fehlt ein Ohr, das rechte!» Da sind die Parallelen, die Recherche erlangt Fortschritte.

«Danke, und Sie senden mir die zugänglichen Unterlagen zu?»

«Klar mach ich und viel Glück bei der Jagd auf den Täter», verabschiedet sich der Beamte.

*

32

Der Totengrund liegt mitten im autofreien Naturschutzgebiet der Lüneburger Heide. Das nächste Dorf Wilsede, ist ausschließlich zu Fuß, per Rad oder Kutsche zu erreichen. Sewolt lässt sein Auto in einem Heuschober bei Niederhaverbeck stehen. Von Niederhaverbeck sind es ca. vier Kilometer. Zu Fuß wandert Sewolt eine Stunde.

Am Wilseder Berg kehrt er im «Wilseder Hof» ein und genießt eine Riesenportion von dem angebotenen Heidschnucken Braten mit Klößen, darüber hinaus ein Bier und einen «Absacker», einen Heidegeist.

Er kommt sich vor wie einer der unzähligen Touristen. Die zu dieser Jahreszeit beginnen, die Heide zu erkunden. Einzig Sewolt hat andere Ziele. In seinem Rucksack verbirgt er den Quadrokopter. Im Augenblick braucht er einen versteckten Startplatz, denn das fliegen in der Heide, ist letztes Jahr verboten worden, um Flora und Fauna zu schützen.

Am Rande zum Totengrund sitzt er auf einer Bank mit ausgezeichneter Aussicht auf den Grund und sucht durch sein Fernglas den geeigneten Ort. Er erwartet nicht, dass hier Wölfe sind. Trotz allem muss er an irgendeinem Ort die Suche angehen.

*

Ich fahre nach Issendorf und suche den Fundort des Wolfkadavers auf. Über einen Waldweg, der vor einem Spargelfeld von der Harsefelder Straße abzweigt, versuche ich es. Gleich hinter der Einfahrt ist ein bescheidener Platz, wo ich den Wagen abstelle. Im Anschluss eile ich mit Hellmuth über den Waldweg. Bis zu einem Hochstand der Jägerschaft. Nachfolgend links ab und gleich wieder rechts auf einen als Reitweg gekennzeichneten naturbelassenen Waldweg.

»Lupus caritate«
© 2020 Klaus-Dieter Budde
klaus.dieter.budde@gmail.com

Weiterhin grob 200 Meter, dort ist der Fundort.

Ich ziehe meine Mappe hervor und schaue mir die Fotos an, die ich von der Polizei erhalten habe. Hier hat Uwe nachgeholfen. Gegenüber Bremervörde ist das Stader Material deutlich umfangreicher. Hier hat der Wolf gelegen.

Woher hatte der Täter Kenntnis, dass hier ein Wolf unterwegs war?

Ich bin gewillt, dem Polizeibericht Glauben zu schenken. Es handelt sich um einen so genannten Junggesellen, der umherzieht, um eine Partnerin zu finden, zwecks neuer Rudelgründung. Nicht mühelos zu orten bewerte ich, in der Folge lese ich, dass der Wolf besendert war, ich messe dem keine Bedeutung zu, was sich später ändern wird.

Wie ich zum Auto zurückgehe, sehe ich, wie ein Kleinwagen neben meinem Fahrzeug einparkt. Ich sichere Hellmuth an der Leine denn der Fahrer des bescheidenen Autos, einem Polo, wie ich feststelle, hat einen Hund dabei.

«Hallo!», Grüße ich den Burschen, dieser hält an und erwidert den Gruß.

«Sie haben nicht zufällig einen getarnten Lada-Niva hier gesehen?», fragt er mich.

«Nein leider nicht!», beantwortete ich seine Frage. Der Bursche berichtet, dass er vor ein paar Tagen hier im Wald war.

«Ich habe am Wegesrand geparkt, weil da schon zwei Pkw auf dem Parkplatz standen. Da ist der besagte Lada-Niva mit enormer Geschwindigkeit aus dem Wald kommend an meinem Auto vorbeigeschrammt.» Der Bursche hatte angenommen, dass es Waldarbeiter waren, hat später festgestellt, dass dem nicht so war. Unter diesen Umständen

»Lupus caritate«
© 2020 Klaus-Dieter Budde
klaus.dieter.budde@gmail.com

bleibt er auf dem Schaden sitzen. Es sei denn, er würde den Lada wiederfinden.

«Haben Sie sich denn das Kennzeichen nicht gemerkt?», frage ich nach.

«Da waren nur Fragmente zu sehen, STD und eine Acht war zu erkennen, der Rest der Kraftfahrzeugnummer war verdreckt.»

«Ja, da kann man nichts tun, aber ich wünsche Ihnen trotzdem einen angenehmen Tag.» Ich bringe Hellmuth zum Auto in die Box. Eilends notiere ich mir das Geschilderte, STD -8 Lada-Niva Tarnfarben. Da werde ich Tamara mit ihrem Charme dransetzen.

*

Seit Tagen ist er wie ein getriebener in der Heide unterwegs. Laufend wechselt er die Standorte, darauf bedacht nicht entdeckt zu werden. Wölfe hat er keine geortet. Sewolt gibt einer hohen Anzahl von Wanderern unter den Touristen die Schuld. Die sind teilweise selbst des Nachts unterwegs auf dem bekannten Heidschnucken-Weg, einem Europawanderweg.

Wo gewährt man den Wölfen, bei solchem Touristenaufkommen, ihren Platz? Da ist es kein Wunder, wenn der Meister Isegrim ein habituiertes verhalten anzeigt, sobald er sich in der Umgebung der Menschen wähnt. Bevor man hier von Grenzüberschreitungen spricht, obliegt das Ganze erstmal einer ethologisch-präzisen Definition. Denn bei dauernden Mensch-Wolf-Kontakten hören die Tiere auf, auf Reize die keinerlei Folgen für sie haben, zu reagieren.

Bisher schaffen sie es, auszuweichen. In der Hauptsaison, wenn das «Wolfs-Watching» wieder losgeht, bleibt ihnen

35

nichts anderes übrig wie in die besiedelten Gebiete vorzudringen. Dass das nicht passiert, dafür wird er sorgen.

Sewolt Sausmikat wechselt den Standort. Er probiert es in der Süd-Heide. Wenn er da keinen Erfolg hat, gehts weiter zum Truppenübungsplatz Munster. Die Gefahr entdeckt zu werden ist dort zwar größer, das Wolfsaufkommen aber um ein Vielfaches umfangreicher.

*

Tamara Schmitt hat einen Erfolg auf ganzer Linie. Über eine Bekannte, die jemanden kennt, der bei der Straßenverkehrsbehörde arbeitet, erhält sie eine Liste aller Lada-Niva mit Stader Zulassung. Sie strahlt über das ganze Gesicht, wie sie mir die Aufzählung überreicht.

«Prima!», lobe ich sie mit einem Augenzwinkern. Wir legen gleich los und es bleiben über das Ausschlussverfahren drei Fahrzeughalter übrig, die infrage kommen.

Ich fahre zuerst nach Buxtehude, dort treffe ich einen Herrn Mitte fünfzig, er ist kooperativ und zeigt mir seinen alten Lada-Niva. Dieser ist in einem Bundeswehroliv umlackiert oder besser angestrichen worden. Er hatte weder Kratzer vom Polo, noch eine gültige TÜV-Plakette.

«Fahren Sie den Wagen?», forsche ich nach.

«Nee den baue ich wieder auf und dann verkauf ich ihn!», wehrt er die Frage ab.

Nachdem der Verabschiedung, fahre ich zum nächsten Fahrzeughalter. Sewolt Sausmikat. Seine Gemahlin öffnet die Haustür und erklärt, dass ihr Verflossener lange nicht mehr in der Stadt wohnt. Sie sind seit einem halben Jahr geschieden, ihr Exmann hat die Arbeit und seine Wohnung verloren. Daraufhin hat er Stade verlassen, berichtet sie.

36

«Sewolt hat zu saufen angefangen, ich habe das nicht mehr ausgehalten!», weint sie los.

Ich nehme die unglückliche Ehegattin in den Arm, sie beruhigt sich rasch wieder.

«Soweit ich weiß, hat er bis zum Schluss in diesem Wahlkampfteam von Gottwald Defehrden–Tautorath mitgemacht. Seitdem hat ihn aber keiner unserer Bekannten mehr gesehen», berichtet sie.

Wieder nichts, denke ich. Verabschiede mich und begebe zum letzten Kandidaten auf meiner Liste.

Wie ich auf das Grundstück in Haddorf fahre, sehe ich, dass das wieder nicht der Richtige ist. Der Lada ist lackiert wie ein Zebra. Ich klingle gar nicht erst und fahre unverrichteter Dinge zurück in die Detektei.

Mit Tamara versuche ich, das Recherchierte auf meinem Whiteboard zu skizzieren. Wir haben zwei tote Wölfe, einen nicht identifizierten Drohnenpiloten und einen nicht vorhandenen Lada-Niva.

«Wir sind angehalten, alles über diesen Sausmikat herausfinden!», sage ich zu Tamara.

«Mach mir mal einen Termin bei diesem Defehrden-Tautorath!», bitte ich sie.

*

Ich fahre wieder zu der Exfrau von diesem Sausmikat. Sie ist nicht erbaut von meinem nochmaligen Erscheinen: «Was ist denn jetzt wieder?», begrüßt sie mich an der Haustür. Ich habe nicht den Eindruck, dass sie mich hineinlassen wird.

«Ich habe da weiterhin ein paar Fragen zum Fahrzeug Ihres Ex-Mannes.»

«Was denn für Fragen?»

»Lupus caritate«
© 2020 Klaus-Dieter Budde
klaus.dieter.budde@gmail.com

Ich erörtere ihr mein Anliegen. Sie bittet mich trotz alledem hinein und bietet Kaffee an, den ich dankend ablehne.

Sie berichtet aufschlussreiche Geschehen. Ihr Ex hat den Lada ursprünglich ersteigert, es ist ein ehemaliges Armeefahrzeug aus der Ukraine. Sewolt Sausmikat hat es komplett restauriert und mit einigen technischen Finessen ausgerüstet. Er ist handwerklich begabt, was sie nicht ohne Stolz berichtet.

«Selbst Treibjagden hat er mit einem Quadrokopter begleitet! Um das Fluchtverhalten des Wildes zu dokumentieren», legt sie wichtigtuerisch dar.

Ich bin elektrisiert. «Ihr Mann ist Jäger?», platzt es aus mir heraus.

«Ja das, ist seine Passion! Da kennt er sich aus. Aber durch den Alkoholkonsum hat die Jägerschaft Abstand von ihm genommen. Zum Eklat kam es, wie sie Sewolt den Waffenschein abgenommen haben, weil er betrunken einen Rehbock zerschossen hat.»

«Das heißt, Ihr Mann hat seine Waffen abgegeben?», frage ich nach.

«Ja, das ist so. Aber da vermag ich weiter nichts zu sagen, da waren wir schon getrennt.»

Ich habe genug erfahren, bedanke mich bei Frau Sausmikat, von der ich den Eindruck habe, dass sie Ihren Ex weiterhin liebt, und fahre wieder ins Büro.

*

Sewolt wacht schweißgebadet mitten in der Nacht auf, ihm ist speiübel. Er schafft es soeben aus seinem Fahrzeug, daraufhin übergibt er sich. Was ist bloß los mit ihm, schon am Abend hat er gemerkt, das, was nicht stimmt. Im Augenblick

»Lupus caritate«
© 2020 Klaus-Dieter Budde
klaus.dieter.budde@gmail.com

klappert er hier im Auto, Schüttelfrost trotz wärmender Decke. Er hat hohes Fieber.

Sewolt rafft sich auf und verstaut seine Waffen und den Quadrokopter in die extra dafür angefertigten Alu-Boxen. Er schraubt eine Abdeckung darüber, es sieht aus wie eine erhöhte Ladefläche. Mit letzter Kraft zündet er den Motor und fährt nach Bergen zu einem Arzt in der Bahnhofstraße. Die Anschrift hat er gegoogelt und bei google earth gesehen das er seinen Wagen dort auf dem Parkplatz verbergen kann.

Der Doktor kommt erst nach mehrmaligem Sturmklingeln aus dem Tiefschlaf an die Tür. Wie der Arzt Sewolt erblickt. Sieht er, hier ist keine Zeit zu verlieren. Er ruft gleich die Rettung an und kümmert sich um den Patienten.

«Sie haben eine Vergiftung!», sagt er zu Sewolt Sausmikat.

«Sie gehören sofort in ein Krankenhaus!» Er verabreicht ein paar Medikamente und gibt Sewolt eine stabilisierende Infusion, wie er erklärt.

«Haben Sie eine Krankenversicherungskarte?», fragt er Sewolt.

Dieser gibt sie ihm und der Doktor zieht sie durch sein Lesegerät, um die Daten aufzunehmen. Draußen hört man den Rettungswagen.

«Darf ich meinen Lada bei Ihnen stehen lassen?», fragt Sewolt den Arzt.

«Denn können Sie ja kaum mitnehmen!», weist ihn der Doktor auf seine missliche Lage hin.

«Ok, ich hol ihn dann ab, wenn es mir wieder etwas besser geht», sagt Sewolt, da liegt er lange auf der Krankentrage.

Er wird zügig verladen und in das allgemeine Krankenhaus

»Lupus caritate«
© 2020 Klaus-Dieter Budde
klaus.dieter.budde@gmail.com

nach Celle gebracht. Sewolt ist erleichtert, dass er sich durchgerungen hat zum Arzt zu fahren. Er hat es vermutet, dass er eine Lebensmittelvergiftung hat. Die Leberwurst, die er mittags gegessen hat, hatte einen Stich. Künftig passt ich besser auf. Sonst ist meine Mission gefährdet, urteilt Sewolt.

*

Gottwald Defehrden–Tautorath sitzt an seinem Schreibtisch und studiert die Tagespresse. Das Tageblatt berichtet über zwei Wolfstötungen. Je ein Wolf im Landkreis Rotenburg (Wümme) und einer im Landkreis Stade. Wie der Redakteur berichtet, handelt es sich hierbei um besenderte Tiere. Das es Zufall ist? Darauf bauen weder die Biologen der tiermedizinischen Hochschule Hannover noch die Tierschutzorganisationen wie NABU und BUND. Er hat seine Zweifel, ob hier jemand absichtlich Wölfe tötet oder ob es sich um nicht gemeldete Jagdunfälle handelt.

Welcher Jäger gibt gerne zu, dass er versehentlich einen Wolf getötet hat. Bei dem Wolfshype, der hier im Land momentan vorherrscht, wird sich das kaum einer trauen.

Der Lokalpolitiker schaut auf die Uhr, es ist kurz vor zehn, er erwartet einen Privatdetektiv. Bernd Kühl, er hat von dem gehört, kennt ihn dennoch nicht. Keine Ahnung, was der von mir erwartet, rätselt Gottwald Defehrden-Tautorath. Zündet sich eine Zigarre, eine Cohiba, an und bläst Rauchringe in die Luft.

*

Auf dem Weg zu diesem Politiker Defehrden-Tautorath telefoniere ich mit Ursula Richtich von der Tierschutzinitiative «Lupus caritate». Sie kennt Defehrden-Tautorath und warnt vor seiner Anpassungsfähigkeit.

40

»Lupus caritate«
© 2020 Klaus-Dieter Budde
klaus.dieter.budde@gmail.com

«Wie ein Chamäleon!», meint sie sarkastisch.

«Ok, ich pass auf mich auf!», verspreche ich und beende das Gespräch.

Die Auffahrt zum Anwesen des Politikers ist protzig gestaltet. Das Haupthaus ist im Stil eines alten Landsitzes gebaut. Nur die enormen Offenställe passen nicht so ins Bild. Für mich ist diese Art der Tierhaltung eh tierschutzrelevant. Kühe und Rinder gehören nach meinem Dafürhalten auf die Weide.

Nachdem ich den Türklopfer an der schweren Eichentür betätigt habe, öffnet mir ein Hausmädchen die Tür und bittet mich, in der Diele zu warten. Kurz darauf geleitet sie mich in das Home-Office des Lokalpolitikers.

Gottwald Defehrden–Tautorath hat sich hinter seinem Diplomatenschreibtisch verbarrikadiert. So sieht es zumindest aus, er sitzt hinter hohen Aktenstapeln.

Der Lokalpolitiker bemüht sich nicht, sich zur Begrüßung zu erheben. Er weist mir eine Spur zu lax einen unbequemen Stuhl vor seinem Schreibtisch zu und fragt, nachdem er mich zweimal darauf hingewiesen hat, dass er keine Zeit für mich hat.

«Was darf ich für einen Schnüffler, wie Sie es sind, machen?»

Da ist er ja bei mir an der richtigen Adresse, Schnüffler nennt mich keiner ungestraft.

«Mir ist nicht bekannt, ob der Intellekt eines Dorfpolitikers ausreicht, um die Tätigkeiten eines Privatermittlers zu erfassen? Ich bin hier, um mich mit Ihnen über Sewolt Sausmikat zu unterhalten. Nicht, um mich von Ihnen beleidigen zu lassen!», erwidere ich.

»Lupus caritate«
© 2020 Klaus-Dieter Budde
klaus.dieter.budde@gmail.com

Mit hochrotem Kopf und einer Schnappatmung, die mir Angst bereitet, antwortet der Politiker mir mit den Worten: «Ok, ok, eins zu null für Sie, was wollen Sie wissen?»

Nachdem geklärt ist, dass ich mir nicht alles gefallen lasse, sprechen wir über Sausmikat.

Ich erfahre, dass dieser von Anfang an im Wahlkampfteam dabei war. Gottwald Defehrden–Tautorath hat das, aus sozialen Gründen, wie er mir schildert veranlasst. Um dem gebeutelten Sausmikat Unterstützung zu geben.

In der Verantwortung des Vorturners in der Jägerschaft hat er das Drama der Trunksucht, mit der unausweichlichen Abnahme der Waffenbesitzkarte, hautnah mitbekommen.

«Wie ist es denn zu dieser Alkoholsucht gekommen? Scheinbar war Sausmikat ja zuvor ein normal arbeitender Bürger?», frage ich den Lokalpolitiker.

«Schuld ist die Frau! Die hat immer an ihm rumgemäkelt, ihn korrigiert und öffentlich diffamiert!», schildert Defehrden–Tautorath.

«Desgleichen haben die Jagdkameraden ordentlich gelästert!» Defehrden–Tautorath schränkt das Gesagte ein. Sewolt hat die gesamte Freizeit bei den Jägern oder seiner technischen Bastelei verbracht. Die Angetraute hat ihn ja kaum gesehen! Zusätzlich die Schichtarbeit im nahen Chemiewerk.

«Es ist schade, dass Sewolt nicht mehr dabei ist. Er war doch der beste Jagdschütze, den wir hatten. Mit Flora und Fauna kennt er sich bestens aus!», sagt der Politiker.

Ich frage die eine oder andere Sache nach, wie die von mir lang erwartete Frage kommt.

«Warum interessieren Sie sich für den Sewolt Sausmikat?

»Lupus caritate«
© 2020 Klaus-Dieter Budde
klaus.dieter.budde@gmail.com

Gehts um Unterhalt, hat seine Exfrau Sie auf ihn angesetzt?»,
hakt Gottwald Defehrden–Tautorath nach.

«Nein ich bin unterwegs im Namen der Wölfe. Können Sie
sich vorstellen das Sausmikat durch Ihre Wahl-Kampagne, die
sich ja hauptsächlich mit dem Thema Wolf beschäftigte, zum
Wolfskiller mutiert ist? Die Indizien deuten darauf hin.»

«Nein, das ist eher unwahrscheinlich, obwohl, zum Ende
hin war er schon verschlossen. Ist dann ja im Weiteren gleich
verschwunden.»

Ich verabschiede mich, in diesem Augenblick steht der
Herr Lokalpolitiker kreuzbrav auf und bringt mich zur Tür.

*

Gottwald Defehrden–Tautorath bewegt sich zurück an
seinen Schreibtisch, konzentriert arbeiten vermag er nicht.
Immerfort kehren die Gedanken an das Gespräch mit dem
Detektiv zurück. *Hat er Recht? Ist sein «Wolfswahlkampf» der
Auslöser für die Tötungen der Wölfe? Das wäre fatal, da kann
er sein Mandat für den Bundestag, dass er seit Jahren anstrebt
vergessen.*

Da gibt es nur eins, die Flucht nach vorn und alle Fahnder
ob Polizei oder Detektiv unterstützen und die Suche nach
Sewolt Sausmikat forcieren.

Ja, das ist die Lösung. Er wird mit einem blauen Auge
davonkommen. Defehrden–Tautorath ergreift den
Telefonhörer, er hat bedeutende Gespräche zu führen.

43

»Lupus caritate«
© 2020 Klaus-Dieter Budde
klaus.dieter.budde@gmail.com

4. Kapitel Heidewölfe

Die differenten Wolfsbilder sind von der Vorstellung interferiert, dass der Wolf eine gefährliche Bestie ist, die querbeet Familie und Haustiere überfällt. Ein blutrünstiger Räuber geradezu. Der Wolf wurde gehasst und erbarmungslos verfolgt. Nicht wenige Kriege wurden in früheren Zeiten schon gegen ihn geführt. Heute erwachsen sich an ihm, wie an keinem anderen Tier, aggressive Streitgespräche zwischen Nutztierhaltern und Wildtierschützern. Die Jäger vereinen sich mit den Hirten gegen das Tier. Die Tierschützer kämpfen dafür, dass man endlich damit aufhört, die Natur zu missbrauchen. Wiedergutmachung an der Natur sind die Thesen der neuen Zeit. Mit dem Wolf hat das wenig zu schaffen. Es sind die sich wandelnden moralischen Wertvorstellungen innerhalb der Gesellschaft. Das erklärt das Rotkäppchensyndrom das in unserem Kulturkreis immer noch kursiert, obwohl der Wolf nachweislich keine Gefahr für den Menschen darstellt, und wenig präsent ist. Die Gefahr das sich da etwas verselbstständigt, was am Ende niemandes will, ist nicht von der Hand zu weisen. Die schlagzeilenheischende Boulevardpresse, die weder moralische Hemmschwellen noch Skrupel vor der Verunglimpfung der Spezies Wolfe hat, trägt ein gerüttelt Maß dazu bei, das die Eskalationsstufen sich versteigen.

Ich denke über den Wolf und seine Zukunft in unserer modernen Gesellschaft nach. Hoffe, dass er eine Chance bekommt, befürchte jedoch das, so lange diese Mythen über den Wolf hochgehalten werden, ob durch stimmengeile Politiker oder schießwütige Angehörige der Jägerschaft, Jäger vermag man solche Elemente ja kaum nennen, sich in der

»Lupus caritate«
© 2020 Klaus-Dieter Budde
klaus.dieter.budde@gmail.com

«Sache» Wolf nichts ändert.

Tamara bringt mir einen frischen Kaffee in die Mandantensitzgruppe, hier habe ich es mir heute Morgen mit der Wolfslektüre, von Erik Zimen über Günther Bloch bis Udo Gansloßer bequem bereitet, um mich in die Materie einzulesen. Denn wenn ich den Wolfskiller finde, beabsichtigte ich, zu wissen, wie sich ein Wolf verhält. Wie sind seine Bewegungsmuster! Wie reagiert er bei Menschenkontakt. Ich habe vor, über den gejagten Wolf an den Jagdfrevler herankommen.

«Wir haben Besuch!», sagt Tamara und stellt eine zweite Tasse Kaffee auf den Beistelltisch.

«Herr Schmittmeyer. Er sagt, er sei ein Freund des Hauses?» Tamara sieht mich fragend an.

«Ja, das ist ein guter Freund!», strahle ich über das ganze Gesicht.

Uwe ist hereingekommen und hat sich auf einen der Lounge Sessel gesetzt. Ich stelle die beiden vor und Tamara erfährt von unserer Zusammenarbeit bei dem Toten im Spargelfeld.

Uwe bietet ihr gleich das Du an, was sie gerne annimmt.

Wir unterhalten uns, Tamara hat sich mit einem Kaffee zu uns gesellt, über die Wolfsgeschichte.

«Wie es aussieht, ist dieser Sewolt Sausmikat wohl der Täter! Alle Indizien weisen auf ihn hin.

Mein Gespräch mit diesem Lokalpolitiker bestätigt meine Annahme nur», erkläre ich den Sachverhalt.

Uwe ist, wie er sagt, nicht ohne Grund hier. Sein Vorgesetzter hat ihn vorgeschickt, weil man von unserem freundschaftlichen Verhältnis Kenntnis hat, um eine

»Lupus caritate«
© 2020 Klaus-Dieter Budde
klaus.dieter.budde@gmail.com

Zusammenarbeit mit der Polizei ins Gespräch zu bringen.

«Grundsätzlich bin ich interessiert. Aber wie stellt er sich das denn so vor?», begrüße ich das Ansinnen zögerlich.

«Die Polizeiinspektion schickt dir einen so genannten Kontaktmann, der dich unterstützt. Zum Beispiel bei Kfz-Abfragen oder bei Kontakten zu anderen Dienststellen. Dafür ist er an deiner Seite und berichtet dem ermittelnden Staatsanwalt. Dieser wird dann bei ausreichender Beweislast ein Verfahren anstreben!», erörtert Uwe mir den Vorschlag.

«Warum will man das so und ermittelt nicht allein?», frage ich nach.

«Ja das ist etwas diffus. Soviel mir bekannt ist, hat ein Lokalpolitiker mit Hannover gesprochen. Die sind naturgemäß bemüht auf der Geschichte den Deckel drauf zu halten, um in der Bevölkerung keine Unterstützer für den Jäger aufzuwecken», erklärt Uwe. «Da hat jemand Muffensausen um seinen untadeligen Ruf. Wegen der Wolfshetze im Wahlkampf geht's unter Umständen ungut für ihn aus. Da Sausmikat ja in seinem Wahlkampfteam war!»

Just in diesem Moment ist es raus. Uwe ist mit der Sache vertraut, und von Seiten der Polizeiführung ausführlich gebrieft worden! Das macht nur Sinn, wenn man denjenigen einsetzt.

«Jetzt sag mir nur, wer der Kontaktbeamte ist? Ich habe da schon so eine Vermutung?»

«Ach, habe ich das nicht erwähnt? Das bin ich!», strahlt mich Uwe unverhohlen an.

«Ich wusste es, bei deinen Kenntnissen über den Sachverhalt, konnte es kein anderer sein!», freue ich mich über die erneute Zusammenarbeit.

»Lupus caritate«
© 2020 Klaus-Dieter Budde
klaus.dieter.budde@gmail.com

*

Ursula Richtich wird in der Deutschstunde von der Schulsekretärin ans Telefon gebeten, das ist unüblich und nur in dringenden Fällen erlaubt.

Die Sekretärin übernimmt für die Zeit des Telefonats die Aufsicht der Klasse. Ursula schreitet ins, Lehrerzimmer und greift den Hörer auf.

«Richtich!», meldet sie sich.

«Hier ist Bettina Nolte aus Soltau. Ich habe gehört, Sie suchen jemanden, der mit einer Drohne Wölfe jagt?»

«Wer hat Ihnen das denn berichtet?», hakt Ursula Richtich nach.

«Ich arbeite ehrenamtlich bei einer ortsansässigen Umweltgruppe. Ihre Homepage war letzte Woche ein Thema unserer Besprechung. Also haben wir uns herumgehört. Am Wilseder Berg wurde so eine Drohne gesehen, aber das ist schon anderthalb Wochen her!», berichtet Frau Nolte.

«Ok, danke für den Hinweis. Wir werden dem natürlich nachgehen!», bedankt Ursula sich bei der Aktivistin.

«Wenn Ihr noch Unterstützung braucht, dann ruft uns an! Wir haben uns hier in Soltau den Schutz der Wölfe auf die Fahnen geschrieben und helfen gerne!», bietet Bettina Nolte ihre Gruppe an.

«Das ist ja genial! Vermutlich sind wir ja im Netzwerk erfolgreicher und fixer, um diesem Menschen das Handwerk zu legen», freut sich Ursula. Sie verspricht, sich nach Rücksprache mit ihrer Gruppe, zu melden.

Auf dem Weg zurück in die Klasse, macht sie sich Gedanken über die nächsten Schritte. Das ist die Idee! Ein Netzwerk mit anderen Aktivisten aufzubauen, alle Daten

Lupus caritate
© 2020 Klaus-Dieter Budde
klaus.dieter.budde@gmail.com

kommen bei Ihr zusammen. Mit den Informationen versorgen sie den Privatdetektiv Bernd Kühl und der beurteilt sie daraufhin zusammenfassend.

*

Der behandelnde Arzt im Klinikum in Celle, spricht Sewolt Sausmikat bei der täglichen Visite ermutigend zu.

«Sie haben eine Toxi-Infektion! Eine spezielle Salmonellenart hat diese fürchterlichen Symptome bei Ihnen ausgelöst. Sie haben Glück, wir bekommen das bei Ihnen mit Medikamenten in den Griff. Den Tropf mit Elektrolyten behalten Sie womöglich bis morgen früh. Dann dürfen Sie so gegen Mittag das Klinikum verlassen. Aber! Sie sind angehalten sich unbedingt zu schonen. Das schleicht nicht spurlos an Ihnen vorbei!»

Sewolt ist heilfroh, dass er das Krankenhaus morgen verlässt. Denn er fühlt sich kräftig genug, den «Auftrag» weiter fortzusetzen. Er hat darüber nachgedacht, dass sein Lada-Niva, obwohl er für seine Zwecke geeignet war, zu auffällig ist. Unter Umständen vermutet man schon, dass er der Wolfsjäger ist, da ist das Fahrzeug ein Risiko.

Er beabsichtigt, sich gleich hier in Celle nach einem anderen Transportmittel umzuschauen. Mit Glück findet er was Brauchbares. Er klingelt der Schwester und bittet um Tageszeitungen aus der Region.

Die Lektüre der Kleinanzeigen bringt einen Hinweis auf einen Automarkt am Wochenende in Fallingbostel hervor. Er plant, dort am nächsten Tag einem Samstag hinzufahren.

*

Ursula hat alles mit ihrer «Lupus caritate» Gruppe besprochen. Sie plant, dass ganze Herrn Kühl vorzustellen.

48

»Lupus caritate«
© 2020 Klaus-Dieter Budde
klaus.dieter.budde@gmail.com

Wenn dieser damit einverstanden ist, die einschlägigen Aktivisten für ihr Netzwerk zu begeistern.

Ich sitze über Fachbücher zum Thema Wolf, als Ursula Richtich zu mir in die Detektei kommt. Sie berichtet von ihrem Vorhaben und von der Information aus Soltau. Wo Tierschützer am Wilseder Berg eine Drohne gesichtet haben. Prinzipiell habe ich nichts gegen das geplante Netzwerk einzuwenden. Bestehe aber darauf, dass die Infos bei mir in der Detektei aufschlagen und nicht bei der Tierschutzgruppe «Lupus caritate». Ursula ist einverstanden und verspricht die Daten mit einem Link auf meinen Account zu lenken. Sie spricht die technischen Details mit Tamara ab und begibt sich wieder auf den Heimweg.

Ich schnappe das Mountainbike und fahre mir mit Hellmuth am Springer den Kopf frei. Das brauche ich mittlerweile täglich und meinen Hund bringt das Konditionstraining nicht um. Schnaufend kommen wir nach einstündiger Fahrt wieder am Ausgangspunkt an.

Ich verschließe die Detektei und fahre mit Hellmuth auf dem kürzesten Weg in Richtung Fredenbeck. Wie ich auf die Einfahrt zu meinem Grundstück lenke, stehen dort zwei Nachbarn, jeder mit einer Flasche Bier in der Hand und halten Dorf Talk, wie sie es nennen. Ich geselle mich dazu und erfahre, dass die Geschichte um den toten Wolf bei Issendorf im Ort herumgeht.

«Kennt einer von Euch vielleicht zufällig diesen Sewolt Sausmikat?», frage ich die Nachbarn.

«Sewolt? Ja klar kenne ich den! Wir haben in der Jugend zusammen Faustball gespielt. Ein anständiger Kerl, leider durch das dominante Drohverhalten seiner Frau zum Trinker

»Lupus caritate«
© 2020 Klaus-Dieter Budde
klaus.dieter.budde@gmail.com

geworden», erzählt der eine.

«Hattet ihr Kontakt? Oder weißt du das nur vom Hörensagen?», hake ich nach.

«Was heißt Kontakt, wir haben uns zwischendurch mal in der Schänke getroffen, um ein Bier zu trinken».

«Da weißt du nicht so viel über ihn?»

«Nur soviel, wenn der sich was in den Kopf gesetzt hat, dann hat er das bis zum Schluss durchgezogen. So ist er wieder vom Suff weggekommen und die Scheidung ist, wie man hört ja vollzogen», erklärt der Nachbar.

Wir klönen noch ein wenig, im Anschluss daran fährt er mit seiner «Asthmaziege», wie er sein Fahrrad oft nennt, nachhause. Der andere Nachbar und ich, trinken eine zweite Flasche Bier und widmen uns dem Feierabend.

*

Samstag kurz nach elf Uhr hat Sewolt Sausmikat seine Entlassungspapiere. Er ist mit dem Taxi unterwegs nach Fallingbostel zum öffentlichen Automarkt. Er ist spät dran. Um ein Schnäppchen zu tätigen, steht man früher auf, das ist ihm klar.

Er hat keine krassen Ansprüche an sein neues Gefährt. Fahrtüchtig mit mindestens einem Jahr TÜV und eine Zulassung sind erforderlich.

Wie er den Platz betritt, sieht er gleich zwei lohnende Fahrzeuge, die für seine Zwecke infrage kommen. Eine VW T4-Pritsche und einen VW T5-Transporter. Beide sind aus ehemaligen Bundeswehrbeständen und stehen anständig da. Bei der näheren Betrachtung bleibt der T5, denn der ist angemeldet. Er hat ein Celler Kennzeichen. Sewolt handelt den Lieferwagen um zweihundert Euro herunter und

»Lupus caritate«
© 2020 Klaus-Dieter Budde
klaus.dieter.budde@gmail.com

verspricht das Fahrzeug alsbald abzumelden. Daraufhin unterschreibt er den Vertrag und fährt mit dem Neuerwerb, nachdem er getankt hat nach Bergen.

Dort lädt er seine Habseligkeiten, Waffen, Quadrokopter und alle anderen Utensilien die er gebraucht in den T5 um. Im Weiteren fährt er den Lada-Niva zu einem unbedeutenden See bei Miele, ostwärts von Bergen.

Er öffnet die Fenster und entfernt die Kennzeichen. Schiebt, nachdem er sich nochmals vergewissert hat, dass niemand in unmittelbarer Nähe ist, den Wagen in den See. Es dauert nicht lange und das Fahrzeug versinkt mit einem gurgelnden Blubbern. Es hört sich an wie ein Seufzer, empfindet Sewolt. Es ist kein Klacks für ihn, sich von seinem Lada zu trennen. Sewolt hebt den Rucksack auf und wandert, wie ein Tourist der die Natur genießt zurück in Richtung Bergen.

An der Arztpraxis, wo sein Neuerwerb parkt, steigt er ein und fährt zum Heideparkplatz Misselhorner Heide. Ostwärts von Hermannsburg.

*

Nach einer schlaflosen Nacht kocht Sewolt sich am Morgen einen gehaltvollen Kaffee. Er setzt sich auf eine Bank. Es ist behaglich hier.

Der Parkplatz ist von hohen Bäumen und Hecken umgeben. Die Gemeinde hat bequeme Sitzgruppen aufgestellt, wo die Heidewanderer ihre Brotzeit verzehren.

Sewolt kommt mit einem Wohnmobilisten, der ebenfalls mit einem Becher Kaffee durch die Gegend schreitet, ins Gespräch. Dieser berichtet, dass er gestern ein Wolfsrudel in einer nahen Senke an einem Tümpel gesehen hat. Bereitwillig

»Lupus caritate«
© 2020 Klaus-Dieter Budde
klaus.dieter.budde@gmail.com

zeigt er die Bilder, die er mit seinem Mobiltelefon gefertigt hat. Sewolt lässt sich den Weg zu dieser Senke erklären. Er verspricht dem Camper, dass er das gleich heute anschaut.

Was sein Gegenüber nicht erahnt, durch seine Prahlerei ist wieder ein Wolf in Gefahr. Die beiden trennen sich.

Der Wohnmobilist fährt nach Bochum, wie er sagt. Sewolt flitzt zum Transporter hinüber und verpackt seine Ausrüstung im Rucksack. Hierzu zerlegt er das Gewehr so, dass es als solches nicht zu erkennen ist. Einen überdimensionierten Schalldämpfer für die Waffe, den er eigenhändig gebaut hat, steckt er mit ein.

Die Heidelandschaft liegt friedvoll im Morgendunst vor ihm. Die Sonne hat nicht die Kraft, um den Frühnebel aufzulösen. Sewolt ist schon eine Stunde fußläufig unterwegs, da erspäht er eine Anhöhe, die sich aus dem Nebel vor ihm auftut. Von hier versucht er es. Durch den Dunst ist am Boden seine Sicht extrem eingeschränkt. Die Gefahr, die Drohne zu verlieren ist auf der Anhöhe weitaus geringer. Ich werde aufpassen, dass mich hier auf dem Präsentierteller keiner sieht, überlegt Sewolt. Der Quadrokopter ist mit neuen Akkus ausgestattet startklar. Den Laptop auf den Knien fliegt Sausmikat seinen ersten Erkundungsflug in der Süd-Heide.

Vierzig Minuten später wechselt er, nach dem er die Stromspeicher ein weiteres Mal ausgetauscht hat, den Standort und wandert einstweilen in Richtung Süden. In Lutterloh nimmt er das Angebot zu einem Mittagstisch im ortsansässigen Gasthaus gerne an.

Er ist bisher zehn Kilometer im Zickzackkurs gewandert. Oft hat er zwischendurch den Quadrokopter fliegen lassen, ohne Erfolg. Spuren der Wölfe haben oft seinen Weg gekreuzt,

»Lupus caritate«
© 2020 Klaus-Dieter Budde
klaus.dieter.budde@gmail.com

sind jedoch älteren Datums. Frische Abdrücke gibt es keine.

Er gönnt sich ein Nudelgericht mit überbackenem Schinken. Dazu ein Glas Cola light, er schont noch seinen Magen. Gerne hätte er das angebotene Ribeye-Steak gegessen. Zum Abschluss gibt's einen Espresso mit anständig Zucker.

Gestärkt wandert er weiter in Richtung «Dübelsheide». Hier ist klassisches Wolfsgelände. Sewolt hofft auf Kontakt, er braucht jetzt endlich einen Erfolg. Durch den Krankenhausaufenthalt ist er weit hinter seinem Aktionsplan zurück, das verpflichtet ihn unbedingt aufzuholen.

Er folgt einem Trampelpfad entlang einer Freifläche, hält sich dabei halb rechts am Rande des Kusselgeländes. Gegenüber der Fläche ist reine Heide. Dahinter ein bescheidener Tümpel mit ein paar Büschen am Nordufer. Hier versucht er es wieder.

Sewolt hält abrupt inne, vor ihm am Teich lümmeln sich drei Wolfswelpen in der Sonne. Absolut unbedarft, ein Elterntier ist nicht zu sehen. Sewolt legt sich langsam auf den Boden und beobachtet die Szenerie. Ein Idyll findet er, aber er wird sie töten. Das ist seine Mission. Die Menschen im Norden fordern es, davon ist er überzeugt.

*

Pressekonferenz beim Lokal-Hero. Milchbauer, Jäger und Lokalpolitiker Gottwald Defehrden – Tautorath hat eingeladen. Die Lokalpresse, sowie Abendblatt und Pressevertreter der einschlägigen Boulevardblätter sitzen mit «spitzem Bleistift» in der stattlichen Diele im Landhaus des Politikers.

Er hat alles bedacht. Kanapees werden gereicht und Getränke stehen für die Presseleute bereit. Er sieht sich

53

»Lupus caritate«
© 2020 Klaus-Dieter Budde
klaus.dieter.budde@gmail.com

genötigt, diese «Ratten» bei Laune zu halten. Gottwald schlägt mit seinem Siegelring an ein Glas, um die Aufmerksamkeit auf sich zu ziehen.

«Meine lieben Damen und Herren. Ich begrüße Sie hier in meinem Hause recht herzlich. Leider hat unsere Zusammenkunft keinen freudigen Anlass. Die Buschtrommeln und der Flur-Funk erzählen es seit Tagen unter der Hand. Heute berichte ich Ihnen quasi aus erster Hand davon.»

«Komm mal auf den Punkt!», ruft ein älterer Journalist.

«Ja, genau das beabsichtige ich. Wie Sie womöglich wissen, wurden in den letzten Monaten, je ein besenderter Wolf im Landkreis Rotenburg an der Wümme und bei uns im Landkreis Stade erschossen. Das Ganze ist schon erbärmlich genug. Zuerst vermutete man Jagdunfälle. Dann kam man schnell zu dem Schluss, dass hier eine absichtliche Tötung der Tiere vorliegt.

Durch kreisübergreifende Ermittlungen hat man festgestellt das, es sich eindeutig um ein und denselben Täter handelt. Details weshalb, warum, werden wie üblich aus ermittlungstechnischen Gründen nicht genannt. Scheinbar erhärtet sich da geradehin ein Verdacht. Aber ebenfalls hier keine Auskunft» Defehrden–Tautorath hat sich heißgeredet.

«Weshalb Sie dann hier sind, werden Sie sich fragen. Ich bitte Sie, um Ihre Mithilfe, diesen Menschen aufzufinden. Rufen Sie die Bevölkerung auf, dass sie alles, was in diesem Zusammenhang auffällig erscheint, an unsere extra eingerichtete Hotline melden.» Defehrden–Tautorath sieht zustimmendes Kopfnicken der meisten Pressevertreter.

Es sind freilich ein paar dabei, die unverhohlen den Kopf schütteln. Das juckt ihn nicht. Hauptsache er wird in

»Lupus caritate«
© 2020 Klaus-Dieter Budde
klaus.dieter.budde@gmail.com

Zusammenhang mit dieser Wolfsgeschichte positiv dargestellt. Das da Wölfe sterben, ist ihm letzten Endes egal. Hier kämpft er um sein mögliches Mandat, das er in Gefahr sieht, wenn herauskommt, das Sewolt Sausmikat in seinem Wahlkampfteam war. Das ist ein genialer Schachzug. Erst mit Hilfe aus Hannover für verdeckte Ermittlungen sorgen. Um in der Öffentlichkeit wie der Retter der Wölfe aufzutreten. Wenn das keine Publicity gibt.

*

Wie ich früh morgens in die Detektei komme, liegen die einschlägigen Presseorgane auf dem Tisch der Mandantensitzgruppe. Tamara hat sie wie jeden Tag auf dem Weg zur Arbeit besorgt.

Die Schlagzeilen überschlagen sich: «Wolfsmörder» oder «Wolfskiller» steht dort geschrieben.

Die Presse berichtet von einer Pressekonferenz bei Gottwald Defehrden–Tautorath, dem Lokalpolitiker aus dem Landkreis Stade.

«Das ist doch nicht wahr!», schimpfe ich. «Der macht doch mit diesem Mist die ganze Ermittlung kaputt!»

Tamara schaut mich fragend an, ich zeige ihr das Geschreibsel.

«Hat der was geraucht? Was bezweckt der damit?», fragt sie.

«Ich denke, der rettet seine Haut, hat er doch im Wahlkampf über die Maßen gegen die Wölfe gehetzt. Flucht nach vorn nenne ich so etwas», erkläre ich Tamara die Sichtweise.

»Lupus caritate«
© 2020 Klaus-Dieter Budde
klaus.dieter.budde@gmail.com

Die Tür öffnet sich, ohne Gruß knallt mein Freund Kriminalhauptkommissar Uwe Schmittmeyer die Zeitung auf den Tisch.

«Schon gelesen?», fragt er.

«Ja, und fürchterlich aufgeregt hat er sich!», antwortet Tamara für mich.

«Zu Recht, sage ich, zu Recht!» Uwe ist empört. «Der Blödmann stellt mit seiner Selbstsucht die ganze Nachforschung infrage!», schimpft Uwe.

Eine Tasse Kaffee später, haben wir uns beruhigt. Zerbrechen uns den Kopf, wie die Ermittlungen zu retten sind. Wir kommen zu dem Ergebnis, das die Polizei nach Sewolt Sausmikat verdeckt fandet. Damit ist sichergestellt das wir, wenn nichts an die Presse durchsickert, unseren Ermittlungsvorsprung bewahren.

Denn eines ist klar, wir haben jetzt mit Trittbrettfahrern zu rechnen, die ihre Chance nutzen, um einen Wolf zu töten. Ich nehme mir vor, nie wieder ein Wort mit diesem verlogenen Politiker zu sprechen.

Das Telefon klingelt, Ursula Richtich aus Bremervörde fragt nach, was jetzt passiert, sie hat die Pressemitteilungen gelesen. Ich sage ihr, dass wir normal weitermachen. Ausschließlich der Presse und ohne die Informationen der Hotline des Politikers zu nutzen. Sie ist damit einverstanden, ihr gefällt dieser Mensch nicht. Wir verabschieden uns, dabei verspreche ich ihr, mich in der Lüneburger Heide umzusehen.

*

Auf allen vieren folgt Sewolt den Welpen, die über einen Wildwechsel den Tümpel verlassen haben und hinter einem Wachholderbusch in einer Höhlenöffnung verschwinden.

56

»Lupus caritate«
© 2020 Klaus-Dieter Budde
klaus.dieter.budde@gmail.com

Er hat genug gesehen, dreht sich um, um den Platz zu wechseln, da hört er ein unterschwelliges Knurren links vor sich. Die Fähe. Sie steht ganze sechs Schritt entfernt und droht ihm mit ihrer unmissverständlichen Körpersprache. Sewolt richtet sich sofort auf und erzeugt Größe. Die Wölfin ist beeindruckt und trabt davon. Sewolt speichert die Koordinaten ab und begibt sich auf den Rückweg nach Hermannsburg.

Bei einem ortsansässigen Drogeriemarkt und in der Apotheke beim MVZ in Hermannsburg besorgt sich Sewolt eine Reihe von Chemikalien.

Die jede für sich harmlos erscheint, in der richtigen Gemengelage aber hochexplosiv sind.

Bei «Ricky's American Pizza Diner» in der Celler Straße. Stillt er seinen Hunger, der nach der körperlichen Belastung beträchtlich ist. Er ist heute an die dreißig Kilometer gewandert. Der Stationsarzt hatte ihm mit auf den Weg gegeben sich zu schonen. Langsam begreift Sewolt, was der Doktor gemeint hat. Wie er das Diner verlässt, stiehlt er im Vorbeigehen ein Mobiltelefon. Eine Kundin hat es unbeaufsichtigt auf dem Tisch liegen lassen. Im weiteren Verlauf kauft er bei Penny zwei Flaschen Granini ein. Den Inhalt beachtet er nicht, er trinkt eh keinen Fruchtsaft. Die Flaschenform ist recht bemerkenswert.

Bei einem Auto-Service besorgt er sich Karosserie-Blechschrauben verschiedener Größe. Im Folgenden fährt er wieder zum Parkplatz Misselhorner Heide. Ostwärts von Hermannsburg. Sewolt nutzt das Tageslicht für seine fürchterliche Bastelei.

»Lupus caritate«
© 2020 Klaus-Dieter Budde
klaus.dieter.budde@gmail.com

Hier kommt ihm der Beruf des Chemiefacharbeiters entgegen, da war die Plackerei der Ausbildung ohne Frage von Nutzen, findet er und baut eine Bombe.

*

Kriminalhauptkommissar Uwe Schmittmeyer legt den Hörer auf die Gabel und lächelt. Er angelt den Hut von der Garderobe und verlässt eilig das Polizeipräsidium. Uwe hat neue Nachrichten und überbringt sie seinem Freund Bernd Kühl persönlich. Mit einem Dienstfahrrad fährt er zügig von der Teichstraße zur Hökerstraße. Das ist Zeit sparender, wie wenn er mit dem Auto gefahren wäre. Gesund ist es auch. Wie er in der Detektei von Bernd Kühl angekommen ist, berichtet er seinem Freund, dass er einen Anruf von der Polizeidienststelle in Fallingbostel bekommen hat.

Dort hat jemand einen alten VW-Bulli gekauft. Der Schilderung zufolge Sewolt Sausmikat. Er hat den Wagen trotz Versprechen nicht abgemeldet.

«Der Besitzer hat gleich nach drei Tagen Anzeige erstattet. Er macht sich jetzt Vorwürfe, weil er sich nicht den Ausweis des Käufers zeigen ließ», berichtet Uwe.

«Das ist günstig! Ich fahre ohnehin in die Lüneburger Heide. Da das jetzt vermutlich länger dauert, düse ich nochmal nachhause und pack mir ein paar Klamotten ein.»

«Ich komme nach, regel hier nur einige Abläufe, schick mir eine WhatsApp, wo du untergekommen bist. Dann miete ich mich dort ein!», fällt mir Uwe Schmittmeyer ins Wort.

«Ich habe mir ein Zimmer im Gasthaus zum Heidemuseum in Wilsede gemietet, wenn du einverstanden bist, bleiben wir dort vorerst. Das ist zentral in der Heide gelegen», schlage ich Uwe mein Quartier vor.

58

»Lupus caritate«
© 2020 Klaus-Dieter Budde
klaus.dieter.budde@gmail.com

«Ok, abgemacht, ich bringe zur Unterstützung noch ein paar Spurenspezialisten mit!», sagt Uwe und schwingt sich auf sein Rad, um zurück zur Teichstraße zu fahren. Da sich die Spur konkretisiert, ist er wie ich im Jagdmodus.

*

Ich fahre über die B3. Die A7 ist mir zu stauanfällig, soeben hat man dort wieder eine Baustelle eingerichtet. Nach knapp zwei Stunden biege ich auf den Parkplatz des Gasthauses «Zum Heidemuseum», am Wilseder Berg.

Der Wilseder Berg liegt inmitten der größten Heideflächen Europas. Von hier hat man einen weiten Blick auf die Heidelandschaft. Hier erstrecken sich die Heideflächen auf ca. 200 km². Seit 1921 unter Schutz gestellt, ist sie das Revier für Tiere und Pflanzen.

Die Gegend ist nahezu autofrei. Zufahrtsstraßen zu Parkplätzen an den Orten rund um das Naturschutzgebiet erlauben Pkw-Verkehr. Ansonsten wandert oder radelt man hier ungestört mit den Geräuschen der Natur. Gäste der ortsansässigen Gasthäuser sind befugt, aufgrund einer Ausnahmegenehmigung, bis ins Museumsdorf vorzufahren.

Die Wirtsleute sind entgegenkommend, ich berichte ihnen, dass heute die Polizei hier erscheint, und erkläre den Anlass des Aufgebotes. Ich bitte den Inhaber um Stillschweigen.

«Das ist absolut in unserem Interesse, wir leben von dem Tourismus hier in der Heide und gebrauchen die Unruhe nicht», formuliert der Wirt offen seine Bedenken.

«Wenn Sie gegebenenfalls einen separaten Raum für uns haben? Werden die Gäste uns gar nicht bemerken!», bitte ich um eine Räumlichkeit.

»Lupus caritate«
© 2020 Klaus-Dieter Budde
klaus.dieter.budde@gmail.com

Der Gastwirt zeigt mir ein Kaminzimmer gleich links vom Eingang, das für unsere Zwecke geeignet erscheint.

«Ja, das ist von der Größe ausreichend und hier am Zugang stören wir auch nicht Ihre Gäste!», lobe ich den Raum.

Der Gastwirt übergibt mir den Schlüssel und ich fange an, mich mit meinem Equipment einzurichten, die Recherchewand findet ihren Platz vor dem Fenster. Sie sieht spärlich bestückt aus, wir sind ja erst am Anfang der Ermittlungen.

*

Schweißgebadet ständig darauf bedacht das ihn keiner sieht, schleicht sich Sewolt durch die Süd-Heide. Sein Ziel ist klar definiert, die Wolfshöhle. Heute wird er ein Zeichen setzen! Ein Exempel, wie es das bisher nicht gegeben hat in der deutschen Wolfsgeschichte.

Die Tierschützer schreien gewiss auf, die Boulevardpresse wird ihn verurteilen.

Doch im Großen und Ganzen ist die schweigende Mehrheit der Norddeutschen auf seiner Seite, da ist er sich sicher. Gottwald Defehrden - Tautorath hat dann etwas, auf das er die eigene Politik ausrichtet.

Der ist sicher von mir angetan, urteilt Sewolt Sausmikat.

Er ist kurz vor dem Ziel, die Dämmerung ist weit fortgeschritten. Im letzten Licht bereitet Sewolt seinen Quadrokopter vor. Mit der verbauten Infrarotkamera bezweckt er, das Umfeld der Höhle abzufliegen, um keine Überraschungen zu erleben. Kontrolliert überfliegt er das Gebiet weiträumig. Planquadrat für Planquadrat.

Direkt neben dem Bau erspäht er die Fähe. Sie liegt entspannt im Wollgras, der Quadrokopter stört sie nicht, sie

60

hat ihn nicht bedrohlich wahrgenommen. Das Umfeld ist makellos, die Operation ist effektiv vorbereitet. Sewolt verstaut den zerlegten Quadrokopter in seinem Rucksack. Nimmt besonnen, eine präparierte Fruchtsaftflasche aus einem Seitenfach. Daraufhin schaltet er das entwendete Mobiltelefon ein und steckt es in die Flasche. Verschließt diese wieder und hofft, dass kein anderer dieses Telefon anrufen wird. Es dient zum Zünder.

Seine Jagdwaffe stattet er, nachdem er sie zusammengesetzt hat, mit einem Schalldämpfer aus. Nach Abschluss der Vorbereitungen arbeitet er sich behutsam bis auf zehn Meter an die Höhle heran. Die Fähe hat Witterung aufgenommen und hält die Nase in den Wind. Sewolt der das bemerkt! Argwöhnt, dass das die einzige Chance ist, ein Fehlschuss wäre fatal. Er geht ins Ziel, beobachtet die Fähe durch das Nachtglas seines Zielfernrohres. Sewolt schließt die Augen und entspannt sich, nach längerem Warten schießt er. Geschafft! Die Fähe hat er erwischt. Er kümmert sich im Weiteren um die Welpen.

*

Kriminalhauptkommissar Uwe Schmittmeyer fährt, zuerst zur Polizeistation nach Fallingbostel. Er hat vor, sich dort mit dem Autoverkäufer zu treffen, um ihn zu befragen. Uwe hat die Beamten der Spurensicherung, mit einem neutralen Fahrzeug ausstattet. Das hat Bernd Kühl, der vor Ort am Wilseder Berg ist, vorgeschlagen um kein Aufsehen zu erregen. Uwe Schmittmeyer selbst fährt mit einem neutralen Pkw aus dem Fuhrpark der Polizei, einen VW Passat.

»Lupus caritate«
© 2020 Klaus-Dieter Budde
klaus.dieter.budde@gmail.com

In Fallingbostel legt er dem Autoverkäufer ein Foto vom Verdächtigen vor, der Verkäufer zeigt darauf und sagt: «Ja, ja, das ist er!»

Schmittmeyer befragt den Herrn, ob Sewolt Sausmikat irgendetwas gesagt hat, was auf seinen Aufenthaltsort deutet.

«Ja, er hat mir erzählt, dass er soeben aus dem Krankenhaus entlassen wurde. Ich hatte ihn auf seine Blässe angesprochen», berichtet der Autoverkäufer.

«In welchem Krankenhaus hat er nicht gesagt?», hakt der Kommissar nach.

«Nee, das hat er nicht! War ohnehin etwas wortkarg der Mann!», erklärt er.

Der Kriminalhauptkommissar bedankt sich bei dem Herrn. Hier ist nichts mehr zur Sache zu erfahren. Er fährt zum Wilseder Berg um zusammen mit Bernd Kühl eine Strategie zu erarbeiten, wie sie dem Täter habhaft werden.

*

Sewolt nähert sich der Fähe, ein präziser Schuss wertet er, schneidet der Wölfin das rechte Ohr ab und steckt es in einem Gefrierbeutel in die Tasche. Kurz darauf arbeitet er sich zur Höhle vor. *Das Schussgeräusch hat niemand gehört, es hat einzig ein leises Plopp gegeben,* sinnt Sewolt, wie er sich zum Wolfsbau vor bewegt.

Angekommen an der Höhle greift Sewolt behutsam die Fruchtsaftflasche und schiebt sie, soweit es gelingt in den Höhleneingang hinein. Im Anschluss baut er sich einen Schieber aus einem langen Ast, am Ende wickelt er einen Ballen aus Besenheide. Mit dem Schieber drückt er die Flasche weiter in das Höhleninnere.

Nachdem die Buddel positioniert ist, verschließt er den

62

»Lupus caritate«
© 2020 Klaus-Dieter Budde
klaus.dieter.budde@gmail.com

Höhleneingang, indem er mit einem mitgebrachten Klappspaten Heidesand hineinschaufelt. Die Welpen haben sich bisher nicht gemeldet. Das ist eine normale Schutzfunktion, bei Gefahr bleiben sie still im Bau. Den Eingang verdichtet er, denn das Ziel ist ja, den Druck und die Schrauben bis ins hinterste Eck der Höhle zu leiten.

Sewolt Sausmikat verstaut sein komplettes Equipment im Rucksack. Er verwischt vorhandene Spuren und begibt sich wieder auf den Weg nach Hermannsburg, zu seinem Transporter.

*

Der Tau blinzelt auf den Grashalmen, es ist frisch am Morgen. Sewolt steht mit einem Kaffee vorm Transporter. Er hat prima geschlafen ob der Vorfreude auf die Detonation. *Bald erwärmen die ersten Sonnenstrahlen die heidebedeckten Hänge,* philosophiert er. Vogelgezwitscher komplettiert das Naturerlebnis. Zu dieser Jahreszeit geschehen rundherum erstaunliche Ereignisse in der Natur. Das größte Geschehnis wird heute von ihm ausgehen! Er genießt es, zögert es hinaus. Sewolt trinkt den Kaffee, wäscht die Tasse mit Mineralwasser aus und verpackt sie im Transportkoffer. Jetzt! Er greift sein Mobiltelefon, wählt die gespeicherte Nummer an und lässt es Klingeln. Nach mehrmaligem Läuten meldet ihm der Provider das, der Teilnehmer nicht zu erreichen ist. Das ist die Bestätigung, dass die Bombe gezündet hat. Denn das zum Zünder eingesetzte Mobiltelefon hat die Explosion nicht überstanden. Zufrieden mit sich und der Welt verlässt Sewolt Sausmikat sein Revier. Er hat wieder ein Zeichen gesetzt. Sein neues Ziel ist der Vor-Harz, hier sind einige Wölfe besendert worden. Die wünscht er aufzusuchen, um sie zu töten.

63

»Lupus caritate«
© 2020 Klaus-Dieter Budde
klaus.dieter.budde@gmail.com

5. Kapitel Zwei auf einen Streich.

Wenn ich überdenke, wie krass die Menschen in früheren Zeiten mit dem Wolf umgegangen sind, verstehe ich den heutigen jagdlichen Mainstream. Früher war der Wolf zuerst Konkurrent bei der Jagd, später stellte er eine Gefahr für die Nutztiere dar. Durch die damals hohe Wolfspopulation gerieten die Kleinbauern, die auf das Fleisch ihrer Tiere überlebensnotwendig angewiesen waren, in Existenznöte. Zunächst mit Schlagfallen und Fallgruben, später mit Schusswaffen geriet der Wolf zum Jagdobjekt. Das eskalierte im Laufe der Jahrzehnte so weit, dass die Spezies Wolf beinahe ausgerottet wurde. Der Erhalt der Restpopulation gelang nur durch erste Schutzgebiete und Jagdverbote. Ich bin in Gedanken wieder beim Wolf. Es ist schon krass, wie wir in frühen Jahren mit den Tieren umgegangen sind. Ich verstehe nicht, warum Jagdgesellen behaupten, sie seien die Heger der Welt. Sie haben durch ihren Jagdsport und die «Hege» des jagdbaren Wildes erst dazu beigetragen, das ganze Arten ausgerottet wurden. Jetzt, da sie die Chance haben, alles ins Reine zu bringen, jagen sie ihren Jagd-Konkurrenten schon wieder um ihn loswerden. Pervers solch eine Einstellung, echt empörend.

Uwe ruft an und berichtet von seinen Nachforschungen in Fallingbostel. Er bittet mich, zu recherchieren, in welchem Krankenhaus Sausmikat gelegen hat. Zeitgleich bemüht er die Kollegen über die Krankenversicherung von Sewolt Sausmikat etwas in Erfahrung zu bringen.

Ich begebe mich gleich an die Arbeit. Suche mir die Telefonnummern der im Nahbereich liegenden Kliniken heraus und telefoniere herum. Beim zweiten Klinikum in Celle habe

»Lupus caritate«
© 2020 Klaus-Dieter Budde
klaus.dieter.budde@gmail.com

ich Erfolg. Die Angestellte am Telefon berichtet mir, das Sausmikat dort war, warum und wie lange sagt sie mit Hinweis auf den Patientenschutz nicht. Ich bedanke mich bei der Dame, sie ist ja nicht verantwortlich für diese auf jeden Fall sinnvolle Vorschrift. Sofort rufe ich Uwe an, der verspricht in Celle vorbei zu fahren, um die erforderlichen Daten zu ermitteln.

*

Spät am Abend fährt Uwe Schmittmeyer auf den Parkplatz des Gasthauses «Zum Heidemuseum», er ist müde und durch die ewige Juckelei durch die Heide merkt er all seine Knochen. Lange Autofahrten ist er nicht mehr gewohnt.

Nach einem kurzen Abendessen, wir haben auf Uwe Schmittmeyer gewartet, briefen wir uns gegenseitig um das Ermittlerteam auf Stand zu bringen. Spät am Abend schleichen die Ermittler zu Bett.

Ich nutze die Gelegenheit, um mit Hellmuth, den ich verständlicherweise mitgenommen habe, eine ausgiebige Runde durch die nächtliche Heide zu trekken. Mein Hund ist im Zuggeschirr nicht zu halten. Wir schaffen trotz der Dunkelheit einen Schnitt von sechs Kilometer in der Stunde. Die Wege sind anständig ausgebaut und gepflegt, der Mond leuchtet die Heidelandschaft hollywoodreif aus. Das brauche ich, das ist mein Antrieb für diesen Sport. Ausgepowert setze ich mich auf eine Bank am Rand des Totengrunds. Hellmuth liegt neben mir im Gras, gemeinsam genießen wir die Stille der Nacht. Hellmuth knurrt wohlig, er liebt es, mit mir unterwegs zu sein. Später fröstle ich, wir brechen auf und stiefeln das kurze Stück bis zum Gasthaus hinüber, um nach ausgiebiger Dusche behaglich im Federbett einzuschlafen.

65

»Lupus caritate«
© 2020 Klaus-Dieter Budde
klaus.dieter.budde@gmail.com

Wilhelm Aufrecht, Parkranger im Naturpark Lüneburger Heide. Unterstützt eine wissenschaftliche Untersuchung, die sich mit der Bestandserhebung, also dem Monitoring von Tier- und Pflanzenarten befasst. Die Wolfshöhle in der Dübelsheide zu kontrollieren gehört da zu seinen Aufgaben. Hierhin hat sich eine Fähe mit drei Welpen zurückgezogen. Bisher unentdeckt.

Er fährt zunächst bis Lutterloh. Ab dort wandert er zu Fuß weiter durch die Heidelandschaft. Er folgt einem Trampelpfad, alles scheint wie jeden Tag. Da sieht er zuerst Marie, die Fähe. Wilhelm Aufrecht hat ihr einen Namen gegeben, er findet das persönlicher. Marie ist tot, erschossen, wie er mit Kennerblick sofort erspäht. Ihr fehlt das rechte Ohr, abgeschnitten! Ebenso wie bei diesen Wölfen im Norden.

Dort wo sonst die Höhle war, ist gegenwärtig ein gewaltiger Krater. Die Welpen liegen gespickt mit irgendwelchen Metallsplittern am Rande des Trichters. Ein Welpe hat schwer zugerichtet überlebt, er liegt hinter einem Placken Besenheide und wimmert.

Wilhelm ruft sofort die Polizei und einen ortsansässigen Tierarzt an. Er ist fassungslos, das Leid der Tiere ist zu heftig für den Ranger. Wie er den verletzten Welpen birgt, weint er still in sich hinein. Was ist das für ein Mensch, der auf diese perfide Art das Wild tötet? Es ist unvorstellbar, mit welcher Brutalität er hier vorgegangen ist. Wilhelm hält den Welpen im Arm und weint, bis die ersten Helfer kommen und ihm das Tier abnehmen.

Wilhelm Aufrecht braucht jetzt selbst psychologische Hilfe, dass erkennen die Tierschützer sofort und begleiten ihn in ein

»Lupus caritate«
© 2020 Klaus-Dieter Budde
klaus.dieter.budde@gmail.com

Krankenhaus, wo ihn Psychologen wieder in die Spur bringen.

Der Welpe hat Glück im Unglück, bis auf ein paar Splitter, die man entfernt, hat er das rechte Augenlicht verloren, aber Überleben wird er. Fürs Erste bringt man ihn ins Wolfscenter. Das Wolfcenter ist ein anerkannter Wildpark, der sich vor allem den Wölfen widmet. Hier wird er gesundgepflegt, und nach Möglichkeit in eines der Rudel integriert.

*

Am Morgen, ich bin dabei meinen Blaubeerpfannkuchen zu zerlegen, den ich mir zum Frühstück gönne. Wie die ersten Anrufe von empörten Tierschützern bei uns auflaufen. Es hatte sich bei den Tierschützern vor Ort inzwischen herumgesprochen, dass wir hier einquartiert sind. So erfahren wir von den getöteten Wölfen. Den Lada von Sausmikat hat man in einem See im Nahbereich des Ortes Miele gefunden.

Wir frühstücken zu Ende, dabei planen wir, wer mit wem, wohin fährt. Kriminalhauptkommissar Uwe Schmittmeyer kümmert sich, mit einem Mitarbeiter der Spurensicherung, um die Bergung des Lada. Die gegen 11:00 Uhr vorgesehen ist. In der Zwischenzeit bereitet er eine Besprechung für heute Nachmittag vor. Da wir es mit einem selbstgebauten Sprengsatz zu tun haben, ist das Landeskriminalamt aus Hannover mit im Boot und fordert ein Briefing ein.

Ich fahre mit dem restlichen Spurensicherungsteam nach Hermannsburg, wo wir mit Herrn Wilhelm Aufrecht zusammentreffen. Der ehrenamtliche Tierschützer hat die Wölfe gefunden, das hat ihn ordentlich gebeutelt, wie man hört. Herr Aufrecht, der sich hier in Gestalt eines Parkrangers um den Erhalt der Flora und Fauna kümmert, begrüßt uns verbindlich. Er fährt, um den Weg zu weisen, mit seinem

»Lupus caritate«
© 2020 Klaus-Dieter Budde
klaus.dieter.budde@gmail.com

Privatwagen bis Lutterloh vor uns her. Hier steigen wir in den VW Transporter der Spurensicherung um.

Der Wagen ist außer meinem Auto der einzige mit Allradantrieb. Wilhelm Aufrecht berichtet unterwegs von seinem Fund, dabei weist er Mal zu Mal dem Kraftfahrer den Weg.

Am Ende einer Freifläche ist Schluss, weiter lässt uns der Ranger nicht mit dem Fahrzeug vorfahren. Wir haben seiner Meinung nach, schon genug Heidefläche kaputtgefahren.

Wir tragen kollegial das Equipment der Spurensicherung, fußläufig zum Tatort. Hier erblicken wir einen trichterförmigen Krater, er ist 2m x 2m und ca. 1,5m Tief, am oberen Rand liegen zwei tote Welpen. Die Fähe, das Muttertier liegt abseits des Trichters mit einer Schussverletzung im Brustbereich.

«Barbarisch, hinterhältig und abscheulich!», kommentiere ich das gesehene und wende mich ab, mir stehen die Tränen in den Augen.

Was ist das bloß für ein Mensch, dieser Sewolt Sausmikat, was bezweckt er mit seinen entsetzlichen Aktionen. Mir erschließt sich da nichts. Irgendetwas treibt ihn an, ich werde es herausbekommen. Es ist erforderlich, dass es bald gelingt. Seine Methoden werden von Mal zu Mal grausamer.

Die Spurensicherer arbeiten schweigend. Sie hat das hier mitgenommen. Für die drei Wolfskadaver fordern sie ein Transportfahrzeug an. Heute Nachmittag führen die Mediziner im Institut für Rechtsmedizin in Hannover die Autopsie durch. Ja, man merkt, dass da ein gewisser politischer Druck ausgeübt wird. Normalerweise dauert die Untersuchung eines Tierkadavers sieben bis zehn Tage.

*

68

Am frühen Nachmittag sind wir zurück am Wilseder Berg. Bei einer Tasse Kaffee unterhalte ich mich im Gastraum mit einem Hobbybiologen, wie er sich selbst nennt, er hat sich auf Wölfe spezialisiert. Der «Biologe» berichtet mir von einer Langzeitstudie, wo über viele Jahre ein Wolfsrevier untersucht wurde. Wo die Natur und die Wildbestände ohne Eingriff von Menschen sich selbst überlassen wurden. Dem gegenüber wurde ein Wolfsrevier gestellt, wo Jäger regulierend in die Wildbestände eingriffen. Im Ergebnis, stellte man nach jahrelanger Beobachtung fest: Das dort, wo die Wölfe sich selbst überlassen waren, der Wildbestand bei den Beutetieren, nahezu konstant gleichgeblieben ist. Bei dem Rudel, wo die Jäger regulierend eingriffen, hat sich der Wildbestand überproportional reduziert.

Ich schreibe mir die Quelle auf und plane, die Studie in Gänze zu lesen. Wenn das zutrifft, werde ich das diesem Lokalpolitiker Gottwald Defehrden - Tautorath unter die Nase reiben. Ich vermag nicht zu sagen warum, aber ich habe das Gefühl, der steckt damit drin. Bei dieser unheimlichen Wolfstötung.

*

Der Huy liegt nördlich des Harzes, bei Halberstadt zwischen Dardesheim und Schwanebeck. Er erstreckt sich in Ost-West-Richtung auf rund zwölf Kilometer Länge und in Nord-Süd über etwa drei Kilometer breite. Der höchste Berg im Huy ist der Buchenberg. Zum großen Bruch hin, fällt das Gelände ab. Nach Osten gleitet der Huy in die Magdeburger Börde über und nach Süden und Südwesten leitet die Landschaft des Harzvorlands zum Harz über.

Sewolt ist bis nach Halberstadt gefahren. Hat dort sein

69

Mittagsmahl eingenommen und Lebensmittel eingekauft. Die Erfahrung einer Lebensmittelvergiftung braucht er kein zweites Mal. Aus diesem Grund kauft er in einem Campingzubehör eine zweite geräumige Kühlbox, die über die Stromversorgung des Transporters funktioniert. Das ist kein Problem, denn der VW-Transporter war bei der Bundeswehr ein so genannter Funk-Bus und mit einer extra Batterieeinheit und einer zweiten Lichtmaschine ausgestattet. So gerüstet fährt er nach Sargstedt, denn nordöstlich des Ortes hat man, nahe bei der 300m hohen Teufelskanzel ein Wolfssignal geortet. Das ist zwar zwei Tage her aber da dieser Wolf zu einem Rudel gehört, ist die Wahrscheinlichkeit groß das, er sich im Nahbereich befindet.

Den Transporter stellt er in einer Schneise unter einer weit ausladenden Tanne ab. Hier ist der Wagen vor schaubegierigen Beobachtern geschützt. Die nächste Menschliche Behausung ist über zwei Kilometer entfernt. Hier ist er zunächst sicher. Sewolt baut sich einen Klapptisch auf, dazu einen «Regiestuhl» so ein Gerät mit Becherhalter, schnappt sich die mitgebrachten Gazetten und sucht nach Berichten über seine Aktionen.

Nichts aber gar nichts steht in der Zeitung, nicht mal in diesem Volksverdummungsboulevardblatt. Denen wird er es zeigen, die werden bald berichten, da ist er sich sicher. Sewolt ist mürrisch, er hat nicht die Resonanz in der Bevölkerung, die er sich erhofft. Er aktiviert den Quadrokopter und begibt sich etwas von seinem Versteck entfernt auf eine Lichtung, um das Fluggerät begleitend zu beobachten. Die Landschaft ist hier anspruchsvoller und bedarf seiner ganzen Konzentration bei der Steuerung des Quadrokopters. Bergab, bergauf, durch

»Lupus caritate«
© 2020 Klaus-Dieter Budde
klaus.dieter.budde@gmail.com

schmale Täler und wieder an einem Bachlauf entlang. Ohne Kamera müsste er höher fliegen. Die Wahrscheinlichkeit das ihn da jemand entdeckt, ist um ein Vielfaches größer.

Da, ein dürftiges Signal, er fliegt langsamer und gewinnt an Höhe, um dem Empfänger einen besseren Einfallwinkel zu geben. Das Erkennungszeichen ist stärker und er nähert sich umsichtig an. Da sieht er das Rudel, es sind sechs Wölfe. Sie rasten an einem spärlichen Bach.

Sewolt speichert die Koordinaten ab und holt den Quadrokopter retour. Er landet ihn sicher und schleicht zurück zu seinem Versteck. Dort angekommen verliert er keine Zeit.

Er gibt die Koordinaten in sein GPS-Gerät ein, greift eine seiner Jagdwaffen und schleicht sich an. Jederzeit darauf bedacht den Wind bei der Annäherung von vorn zu haben. Das bedeutet einen Umweg von drei Kilometer. Das ist ihm egal, er braucht den Erfolg. Da akzeptiert er die Strapazen gern. Er rutscht über eine Kuppe einen steilen Hang hinunter, fünfzig Meter voraus, sieht er sie. Sewolt pirscht sich langsam an den ermittelten Platz heran, die Wölfe sind noch dort, sie haben ihn nicht bemerkt.

Sewolt schraubt den bewährten Schalldämpfer auf die Waffe und visiert den besenderten Wolf an. Er entspannt sich, schließt kurz die Augen und betätigt den Abzug. Treffer! Die übrigen Wölfe schrecken zuerst zurück. Da sie den Schuss nicht gehört haben, kommen sie auf die Lichtung zurück und beschnuppern ihr totes Rudelmitglied. Das ist die Chance für Sausmikat. Er legt abermals an und visiert einen weiteren Wolf an, Schuss! Wieder ein Treffer. Die anderen Wölfe preschen auseinander und verschwinden im weitenläufigen Mischwald.

Seelenruhig nähert Sewolt sich den toten Wölfen, er

»Lupus caritate«
© 2020 Klaus-Dieter Budde
klaus.dieter.budde@gmail.com

schneidet jedem das rechte Ohr ab. Das ist wie ein Ritual, damit wird er beweisen das, er es war, der diese Wölfe getötet hat.

Er hastet in Deckung bleibend am Waldrand zurück zum Fahrzeug.

*

Ursula Richtich ist auf dem Weg in Richtung Wilsede. Sie plant mit Bernd Kühl, die neue Strategie abzusprechen. Es hat sich herauskristallisiert, dass der gesuchte Sausmikat nach Sachsen-Anhalt gefahren ist. Über das mittlerweile deutschlandweite Netzwerk ihrer Gruppe «Lupus caritate» erreicht sie diese Information. In Halberstadt hat man einen VW Transporter mit Celler Kennzeichen ausgemacht. Ob das Sausmikat war, ist eine Vermutung.

Wir sitzen um den ovalen Tisch im Kaminzimmer des Wirtshauses. Jeder hat ein Getränk vor sich stehen, Tamara die nun mit hier vor Ort ist, hat ihre dänischen Kekse ausgepackt. Wie ich das Meeting eröffne, steht Ursula Richtich in der Tür, ich bitte sie herein. Wir hatten sie eher erwartet, die A7 mit ihren Staus hat das verhindert.

Ich setze nochmal an und bringe alle Teilnehmer auf den neusten Stand: «Wir haben bisher Folgendes ermittelt!», berichte ich und deute auf meine Recherchetafel.

«Sewolt Sausmikat ist nach der Auswertung aller DNA-Spuren an sämtlichen Wolfstötungen beteiligt. Wir vermuten momentan einen Einzeltäter. Über das Netzwerk Lupus caritate, welches sich schon über die ganze Republik mobilisiert. Erfuhren wir, dass Sausmikat sich nach Halberstadt in Sachsen-Anhalt abgesetzt hat. Etliche Netzwerker haben das Fahrzeug in Halberstadt gesehen. Die ballistische

72

Untersuchung der Geschosse aus Hermannsburg hat ergeben, das Sausmikat einen Schalldämpfer benutzt. Wir haben Informationen, dass er mindestens drei Gewehre, und eine Pistole mit sich führt. Er hat diese trotz Aufforderung der Behörden nicht abgegeben!», erkläre ich die Ermittlungsergebnisse.

Kriminalhauptkommissar Uwe Schmittmeyer ergänzt meinen Vortrag mit dem einen oder anderen Hinweis:

«Ich habe in Sachsen-Anhalt um Amtshilfe gebeten, das Ergebnis steht noch aus. Deshalb haben wir überlegt mit unserer Truppe nach Eckertal zu verlegen.

Das ist ein Ortsteil von Bad Harzburg, an der Grenze zu Sachsen-Anhalt, im Landkreis Goslar. Dort sind wir im Landgasthaus Eckerkrug untergebracht. Der Besitzer des Gasthauses ist informiert und einverstanden. Ich warte hier nur noch auf grünes Licht aus Hannover», schildert er unsere Absicht.

«Warum nach Eckertal?», kommt die Frage von Ursula Richtich.

«Weil wir nach einer eingehenden Analyse davon ausgehen, das Sausmikat mit hoher Wahrscheinlichkeit den Harz zum Ziel hat. Es wurden dort in der Vergangenheit einige Wölfe gesichtet.»

«Wie kommt Sausmikat an die Informationen über die Wölfe?», fragt ein Beamter der Spurensicherung.

«Alle besenderten Wölfe sind mit ihren Bewegungsmustern zeitversetzt im Internet zu verfolgen. Mit seinen Kenntnissen über das Verhalten der Wölfe, rechnet Sausmikat sich schon aus wo sie das nächste Mal auftauchen!», erkläre ich dem Beamten.

»Lupus caritate«
© 2020 Klaus-Dieter Budde
klaus.dieter.budde@gmail.com

Nach dem Meeting verpacken wir unsere Sachen, und das Ermittlerteam begibt sich auf den Weg in Richtung Eckertal. Ich fahre mit Tamara zum Wolfscenter. Ich habe den Wunsch, dem verletzten Wolfswelpen einen Besuch abzustatten. Daneben beabsichtigte ich mich mit dem Leiter des Centers über das Wolfsverhalten zu unterhalten. Es sind bei mir ein paar Fragen offen, die ich gerne beantwortet hätte.

»Lupus caritate«
© 2020 Klaus-Dieter Budde
klaus.dieter.budde@gmail.com

6. Kapitel Camping am Brocken

Sewolt Sausmikat hat sich, nachdem alles verpackt war, auf den Weg nach Halberstadt begeben. Sein Auto braucht Diesel und er einen Happen zu essen.

An der Tankstelle bemerkt er, dass er beobachtet wird. Unverhohlen fotografiert ihn eine junge Mutter, die mit ihrem Kind in der Karre unterwegs ist. Das beunruhigt Sewolt, sucht man ihn hier in Halberstadt?

Er verzichtet auf das Essen und fährt über die B81 bis Blankenburg. Auf einem abgelegenen Parkplatz entwendet er von einem Niederländer die Kfz-Kennzeichen.

Sewolt reist über die B27, Hüttenrode-Kreuztal bis Rübeland. Von hier ist es nicht mehr weit zu seinem neuen Ziel. Dem Campingplatz «Camping am Brocken». Hier beabsichtigt er, sich ein paar Tage zu verstecken.

*

«Das Wolfcenter, betreibt mit Genehmigung des Landes Niedersachsen, eine Auffangstation für Wölfe», erkläre ich Tamara auf dem Weg: «Die Auffangstation erfüllt den Zweck, einzelne wild lebende verletzte Wölfe aufzunehmen. Sie wieder gesund zu pflegen und der Natur zurückzugeben. In der Regel ist der Auswilderungsort der frühere Fundort. Wolfswelpen, die der freien Wildbahn entnommen werden, weil sie aufgrund ihrer Verletzungen nicht überlebensfähig sind. Werden hier gesund gepflegt. Wenn sie nicht ausgewildert werden, bringt man sie in einem Schaugehege unter.»

Ich habe das im Net gelesen und bringe Tamara, mit meinem angelesenen Wissen auf Stand.

75

»Lupus caritate«
© 2020 Klaus-Dieter Budde
klaus.dieter.budde@gmail.com

Das ist eine Vorbereitung auf unser Gespräch mit dem Leiter des Wolfscenters.

*

Nach kurzer wohlwollender Begrüßung zeigt uns der Manager des Centers gleich nach betreten der Anlage, den verletzten Welpen.

«Sieben Wochen alt schätzen unsere Mediziner!», beantwortet er die Frage nach dem Alter des Welpen.

«Normalerweise würde er jetzt auf Erkundung gehen und sich in einem Radius bis zu einem Kilometer von seiner Höhle entfernen, das ist eine wichtige Zeit für das Tier!», erklärt er weiter.

Auf die Verletzungen angesprochen, reagiert er grantig. Er schimpft auf den Jäger, der den Wildfrevel begangen hat. Zu Recht, wie ich finde. Das Augenlicht des geschädigten Auges ist nicht zu retten, das Auge für sich bleibt aber erhalten. Die Wunden durch die Splitter der Schrauben sind nicht tief und beeinträchtigten den Welpen nicht lange.

«Aber», so schildert der Leiter des Centers, «der Welpe ist taub. Demzufolge für die freie Wildbahn nicht mehr tauglich. Den werden wir wohl hierbehalten!», sagt der Centermanager.

«Es ist wichtig, an dieser Stelle zu betonen das, es nicht die Aufgabe einer Wolfsauffangstation ist, einzelne verletzte Wölfe dauerhaft unterzubringen. Aber in diesem Fall ist jetzt schon klar, dass es für den Kleinen keine andere Möglichkeit zum Überleben gibt», erklärt er.

Wir bedankten uns für die Auskunft und übernehmen, ohne zu zögern, die Patenschaft für den blutjungen Wolf. Da er keinen Namen hat, sucht Tamara einen aus. Sie nennt ihn

76

«Edru» das kommt aus dem Norwegischen und bedeutet unbedarft. Nach einer Tasse Kaffee im Centerrestaurant begeben wir uns auf den Weg in Richtung Eckertal.

*

Kriminalhauptkommissar Schmittmeyer ist soeben in Eckertal eingetroffen, wie ihn die nächste Hiobsbotschaft erreicht.

Bei Halberstadt im Huy haben Waldarbeiter zwei tote Wölfe in einem Waldstück gefunden. Wieder Opfer von Sausmikat? Da die Kooperation mit Sachsen-Anhalt «eingetütet» ist, fährt Schmittmeyer direkt mit einem Spurensicherungsteam zum Tatort.

*

Wie ich mit Tamara in Eckertal beim Landgasthaus Eckerkrug ankomme, sind die anwesenden Beamte dabei ein neues Lagezentrum einzurichten. Mittlerweile ist das Team auf zwölf Mitstreiter angewachsen.

Tamara und ich bauen unser Equipment in einem extra für uns reservierten Clubraum auf.

Das Lagezentrum hat sich den mittelgroßen Saal gesichert. Da das gesamte Lokal angemietet ist, ist geplant das, die Meetings im Gastraum stattfinden.

Uwe hat einen improvisierten Tagesablauf am schwarzen Brett ausgehängt. Ich sehe mir das an und rege mich gleich auf. Da ist der Besuch von zwei Politikern aus dem Landkreis Stade angekündigt. Ein Mitglied des Deutschen Bundestages und der Lokalpolitiker Gottwald Defehrden - Tautorath. Gegen 16:00 Uhr gedenken die Herren hier vorzufahren. Sie erwarten ein umfangreiches Briefing. Das ist logischerweise die Aufgabe

77

»Lupus caritate«
© 2020 Klaus-Dieter Budde
klaus.dieter.budde@gmail.com

von Uwe, dem Leiter der Sonderkommission.

Ich würde da gerne das ein oder andere in Bezug auf die Anti-Wolfskampagne dieses Defehrden - Tautorath beitragen. Der ist der Initialgeber für die Wolfstötungen, da bin ich mir sicher und das werde ich ihm beweisen.

*

Sewolt Sausmikat ist an seinem neuen Ziel angekommen, an der Schranke des Campingplatzes hält er an. Er läuft zum Haupthaus hinüber, um sich anzumelden.

Der Platz am Brocken liegt oberhalb der Stadt Elbingerode im nördlichen Gebiet des Harzes. Sewolt war vor Jahren mit der Ehefrau hier, in jener Zeit sind sie hier gewandert. Sie haben die Natur des Harzes mit seinem Nationalpark genossen. Der Harz ist eine mit Mythen und Sagen behaftete Region. Sie waren zu Ende April hier, um die am 30. jeden Jahres stattfindende Walpurgisnacht mit den fliegenden Hexen am Hexentanzplatz an der Roßtrappe zu erleben. Die Talsperren mit ihren zahlreichen Fischarten, waren für ihn dem Freizeitangler, derzeit Entspannung pur. *Ja, in jenen Tagen war die Welt in Ordnung,* denkt Sewolt wehmütig zurück.

«Hallo!», begrüßt ihn der Campingwart. «Was haben Sie für einen Wunsch?»

«Ich hätte gerne einen Platz für meinen VW-Bus und ein Zelt!», bittet Sewolt den Wart.

«Eine Person?»

«Ja ich reise allein!», antwortet Sausmikat.

«Ich habe da was! Hinten, hinter dem Waschhaus, ist eine stille Ecke und der Wind, der nachts tüchtig kalt ist, kommt

»Lupus caritate«
© 2020 Klaus-Dieter Budde
klaus.dieter.budde@gmail.com

dort auch nicht so hin!», bietet der Platzwart einen Stellplatz an.

«Ok den nehme ich!», sagt Sewolt.

«Ich zahle eine Woche im Voraus! Es ist denkbar, dass ich etwas eher fahre. Da bin ich gern flexibel, wenn das für Sie in Ordnung ist.»

«Kein Problem das bekommen wir hin, ich berechne dann aber eine Strompauschale!», erwidert der Platzwart.

Sewolt zahlt den geforderten Betrag und lässt sich den Stellplatz vor Ort zeigen. Im Folgenden stellt er seinen Transporter auf den Platz und baut sein altes Zelt auf.

*

Kriminalhauptkommissar Uwe Schmittmeyer steht da wie vom Donner gerührt. Bisher hat er die toten Wölfe auf Ermittlungsfotos der Spurensicherung gesehen. Aber wie er davorsteht und das ganze Elend erblickt, ist er so betroffen, dass er um seine Stimme ringt, wie er zum Leiter der Spurensicherer spricht.

«Wir sichern hier jede verdammte Spur, die wir finden!», ordnet er an.

Der Polizeioberkommissar aus Halberstadt der ihn hierhergeführt hat, berichtet von einem auffälligen Vorfall auf einem Parkplatz an der B81. Hier hat man einem Holländer die Kennzeichen von seinem VW-Bus gestohlen.

«Vielleicht gibt es da einen Zusammenhang.»

Er rückt mit einem Foto heraus, das Sausmikat beim Tanken in Halberstadt zeigt.

«Das hat eine Umweltaktivistin geknipst und sofort an unsere Dienststelle gesendet. Der Beamte, der das angenommen hat, hat es zu spät weitergemeldet. Sonst

»Lupus caritate«
© 2020 Klaus-Dieter Budde
klaus.dieter.budde@gmail.com

hätten wir ihn schon!», berichtet er kleinlaut.

Schmittmeyer schaut darüber hinweg und betrachtet die Wölfe aus der Nähe, einer der kräftiger ist wie der andere, ist mit einem Signalhalsband ausgestattet. Der zweite Wolf ist dem Aussehen nach beträchtlich jünger. Da in aller Regel Wölfe die Flucht ergreifen, wenn sie einen Schuss hören, ist denkbar, das Sausmikat hier wieder einen Schalldämpfer eingesetzt hat. Das erklärt für Uwe Schmittmeyer den zweiten toten Wolf.

Nach Abschluss der Arbeiten der Spurensicherung verladen sie die Wölfe und begeben sich auf den Weg ins Eckertal. Uwe Schmittmeyer ist zutiefst angefasst. In diesem Gemützustand soll er sich um die Politiker zu kümmern.

«Das ist ja partout nicht meine Sache!», schimpft er vor sich hin.

*

Gottwald Defehrden – Tautorath sitzt in der Limousine des Abgeordneten des Deutschen Bundestages. Dieser hat ihn gebeten, bei ihm mitzufahren um aus erster Hand, wie er sagt, über die «Wolfsgeschichte» unterrichtet zu werden. Sie kennen sich lange, sind für die gleiche Partei im Landkreis Stade unterwegs. Heute ist es anders. Der Bundestagsabgeordnete ist Gottwald gegenüber reserviert, siezt ihn wieder.

«Herr Defehrden – Tautorath, Berlin hat keinen Gefallen daran, das diese Geschichte an unserer Partei hängen bleibt. Wenn Sie da involviert sind, dann übernehmen sie gefälligst die Verantwortung! Haben Sie das aufgenommen?», stellt der Politikprofi klar.

Der Lokalpolitiker steht unter Druck: «Ich bin definitiv

»Lupus caritate«
© 2020 Klaus-Dieter Budde
klaus.dieter.budde@gmail.com

nicht involviert, kenne den Mann nur aus der Jägerschaft, habe ansonsten nichts mit Sausmikat zu schaffen!», wiegelt er ab.

«Dann ist es ja gut!» Der Bundestagsabgeordnete klingt nicht überzeugt.

«Kriminalhauptkommissar Schmittmeyer Leiter der Sonderkommission Wolf!», empfängt der Kommissar die Politiker verbindlich reserviert.

Nach den üblichen Begrüßungsfloskeln kommt er im Lagezentrum zur Sache.

Er schildert den Fall von Beginn an. Vergisst nicht, zu erwähnen, dass die Pressekonferenz eines Lokalpolitikers, die Strategie der Polizei über den Haufen geworfen hat. Begleitend führt ein Mitarbeiter die Bilder und Videoaufnahmen der Spurensicherung vor.

Der Bundestagsabgeordnete ist ehrlich geschockt. Er ist kein Befürworter dieses Wolfshypes, aber was den Tieren hier angetan wurde, ist eine Katastrophe. Das Mitglied des Bundestages betont mit Hinweis auf sein Amt, das er in Berlin alles in die Wege leiten wird, damit die Sonderkommission die Unterstützung erhält, die sie braucht. Mit Blick auf Gottwald Defehrden-Tautorath sagt er, dass man sich für das Getue mancher Selbstdarsteller eindeutig entschuldigt. Dieser das aber gleich selbst erledigt.

Gottwald Defehrden - Tautorath der mit hochrotem Kopf daneben sitzt, murmelt eine Entschuldigung, die keine ist. Er ist davon überzeugt, dass es nicht sein Verschulden ist, was Sausmikat angerichtet hat.

Der Bundestagsabgeordnete verabschiedet sich teilnahmsvoll. Nachdem er sich beim gesamten Team bedankt

»Lupus caritate«
© 2020 Klaus-Dieter Budde
klaus.dieter.budde@gmail.com

hat, zieht er sich mit Defehrden - Tautorath zurück.

*

Ich stehe im Eingangsbereich des Lokals, wie ich die beiden Politiker vor der Tür sprechen höre.

«Sind Sie verrückt? Mir gegenüber zu behaupten, dass das Ganze hier hochgespielt wird. Das hier ist absolut oben, kapiert! Sie halten sich ab sofort mit irgendwelchen Statements zurück, bis sie wieder etwas von mir hören! Ist das jetzt klar!!», tobt der Berliner Politiker.

Gottwald Defehrden-Tautorath wimmert um Entschuldigung und buckelt um den Bundestagsabgeordneten herum.

Das sind die richtigen, bewerte ich. Zuhause mit Cohiba und dickem Schreibtisch der «König» und hier der «Bettelmann».

Der MdB mit seinem Sicherheitsgefolge und Gottwald Defehrden - Tautorath fahren ab.

«In seiner Lage möcht, ich nicht sein!», unke ich.

«Ich denke, der bekommt auf dem Rückweg ordentlich Bericht!», sagt mein Freund Uwe Schmittmeyer, der sich dazugesellt hat.

Wir klatschen uns ab, heute ist ein ausgezeichneter Tag.

*

Sewolt hat sein Zelt so aufgebaut, das es den Transporter verdeckt, er ist sicher das, man den Wagen nicht erkennt. Zusätzlich hat er die Scheibentarnabdeckung angebracht. Die hat er in einer Zubehör-Kiste gefunden, die er mit dem Fahrzeug erworbenen hat. Wie er fertig ist, eilt er zu einer naheliegenden Baude. Er benötigt was gegen seinen Hunger. Schnitzel Jäger Art mit Pommes, ferner ein kleines Pils. Alkohol

82

»Lupus caritate«
© 2020 Klaus-Dieter Budde
klaus.dieter.budde@gmail.com

trinkt er aus Prinzip nicht mehr. Heute empfindet er eine Stärke, die ihm zugesteht, ein Bier zu kippen.

*

Zwei Tage nach der Ankunft auf dem Campingplatz packt Sewolt seinen Rucksack und verlässt das Gelände der Camper. Gleich an der Ausfahrt des Platzes geht er nach links, zur Zillerbach-Talsperre, die nicht weit vom Zeltplatz entfernt ist.

Hier, so hat er gestern Abend in der Baude gehört, wurde vor Tagen eine Wolfssichtung gemeldet. Zuversichtlich, dass er die Wölfe findet, folgt er frohen Mutes einem Trampelpfad. Aus heiterem Himmel haut es ihn abrupt von den Beinen, er wirft sich geistesgegenwärtig nach vorn. Sewolt rappelt sich wieder auf und erblickt den Auslöser des Sturzes. Ein dickes Stahlseil das hier knapp über dem Boden gespannt ist, ist der Übeltäter. *Ein Glück, das das nicht mit einer Verletzung geendet hat,* denkt er. Er kontrolliert sein Gepäck, weil er sich nach vorn geworfen hat, ist der Quadrokopter im Rucksack heil geblieben. Er wandert vor, zu einem Aussichtspunkt bei der Staumauer. Hier baut er den Quadrokopter zusammen und unternimmt einen ersten Erkundungsflug. Das Signal kommt im Nu, aber es ist bescheiden. Er fliegt einen größeren Kreis und ja da ist es wieder, jetzt etwas deutlicher. Um den Quadrokopter nicht zu verlieren, bewegt er sich näher heran, nach Westen.

Nachdem Sewolt eine Stunde gewandert ist, unternimmt er einen zweiten Versuch. Der Quadrokopter steigt steil auf, da ist das Signal, erheblich deutlicher. Sewolt fliegt seine Kreise, er hat eine Höhe von tausend Meter über NN eingestellt, damit kommt er hier klar.

Bei den Ohrenklippen westlich vom Molkenhaus sieht er

83

»Lupus caritate«
© 2020 Klaus-Dieter Budde
klaus.dieter.budde@gmail.com

sie. Ein beträchtliches Rudel, es bewegt sich in Richtung «großer Jägerkopf». Sausmikat holt das Fluggerät vom Himmel, verpackt es und gibt die ermittelten Koordinaten in sein GPS-Gerät ein. Er macht sich augenblicklich auf den Weg. Er folgt seinem Auftrag.

*

Gestern Abend gegen elf Uhr rief uns eine Vertreterin des weiblichen Geschlechts an, die zur Umweltgruppe «Harzwölfe» gehört, wie sie sagt. Sie hat Sewolt Sausmikat in einer Baude oberhalb Elbingerode gesehen. Er hat dort zu Abend gegessen.

Die «Harzwölfe» haben sich, wie sie berichtet, dem Netzwerk der Gruppe «Lupus caritate» aus Bremervörde angeschlossen und das Bild von Sewolt Sausmikat an alle Mitglieder verteilt. Ich lasse mir die Adresse von dieser Baude geben und fahre nach dem Frühstück, mit Uwe und drei seiner Mitarbeiter, in Richtung Elbingerode. Da die Baude geschlossen ist, schauen wir uns im Umfeld der Wirtschaft um und kommen schnell zu einem Campingplatz. «Camping am Brocken» steht auf dem Hinweisschild. Wir schlappen das kurze Stück zu Fuß. Hellmuth fühlt sich gleich behaglich hier, wir haben hier im letzten Jahr an einem Dog-Hike teilgenommen, was mit einem verdrehten Knie und Schüttelfrost endete.

An der Anmeldung befragt Uwe den Platzwart, ob Sausmikat hier untergekommen ist. Der Name sagt ihm nichts und Uwe zeigt ein Foto von Sewolt Sausmikat.

«Ja, der ist hier auf dem Platz! Ein Holländer. Ich zeige Ihnen die Stelle!» Dienstbeflissen wetzt er gleich los.

«Nein, lassen Sie uns das machen!», sagt Uwe.

»Lupus caritate«
© 2020 Klaus-Dieter Budde
klaus.dieter.budde@gmail.com

«Keine Angst, der ist heute Morgen früh zum Wandern in den Berg gegangen. Bei dem Rucksack, den er dabeihatte, bleibt er länger fort!», berichtet der Platzwart.

Wir schreiten gemeinsam zum Stellplatz von Sausmikat. Dort angekommen, ruft Uwe gleich seine Spurensicherer und fordert die örtliche Polizei zur Unterstützung an. Die sind gleich mit einer Reihe von Fahrzeugen vor Ort. Der VW-Transporter wird untersucht. Wir finden zwei Gewehre und die dazugehörige Munition.

«Es fehlen gemäß seiner Waffenbesitzkarte, eine Pistole CZ 75 Compact, Kaliber 9 mm Luger und ein Jagdgewehr der Marke Mercury!», sagt Uwe.

«Diese hat Sewolt Sausmikat bei sich.»

Wir finden eine Bedienungsanleitung für einen Quadrokopter. Da das Fluggerät fehlt, folgern wir das, er die Drohne mit sich führt.

«Der ist auf der Jagd!», sagt Uwe. «Los den holen wir uns jetzt!»

Uwe ist übermäßig aufgeregt, er strebt an sofort in den Berg zu steigen, um Sewolt Sausmikat zu suchen.

«Uwe, lass uns das mit System angehen, ein Schnellschuss bringt uns jetzt nicht weiter», gebe ich zu bedenken.

Er gibt mir Recht. Wir spazieren zurück zur Baude, die mittlerweile geöffnet hat, setzen uns an einen Tisch hinten im Gastraum und planen beim Mittagessen den Einsatz gegen Sausmikat. Wir hoffen, ihn zu erwischen, bevor er wieder einen Wolf tötet.

Kriminalkommissar Uwe Schmittmeyer fordert zwei Gruppen Bundespolizeikräfte an, die man ihm sofort zugesteht. Eine Gruppe bewegt sich von Wernigerode aus

»Lupus caritate«
© 2020 Klaus-Dieter Budde
klaus.dieter.budde@gmail.com

nach Westen in Richtung Brocken. Eine zweite Gruppe vom Brocken auf Wernigerode zu. Beide Gruppen führen einen Veterinär mit, um den Tieren, wenn nötig zu helfen. Uwes Team und ich planen, uns von Süden an den vermuteten Aufenthaltsort von Sausmikat vorzuarbeiten.

Wir haben Kontakt zu den «Harzwölfen» aufgenommen, um zu erfahren, wo die letzten Wolf-Sichtungen waren. Die Aktivisten berichten, dass man vor drei Tagen ein Rudel beim Molkenhaus gesehen hat. Das ist die Grundlage für unser Planungsbild.

Tamara mobilisiert die Aktivistengruppen für den morgigen Tag. Sie unterstützen uns in zweiter Reihe, falls der «Wolfsmörder» uns entwischt. Alle sagen zu. Die «Wolfleben» aus Bremervörde kommen mit zwölf Helfern. Die Harzwölfe mit fünf Personen und ein Trupp aus dem Raum Göttingen, die sich «Wolfsfreunde», nennt. Diese Gruppe kündigt an, mit sechzehn Mitstreitern zu erscheinen.

Uwe und seine Mannen bereiten alles vor, jeder bekommt eine Warnweste, um fremde Bewegungen im Gelände besser zu unterscheiden. Ich kümmerte mich um Plätze auf dem Campingplatz.

Wie der Platzbesitzer hört, um was es sich handelt, ist er sofort bereit die Aktivisten kostenfrei auf den Platz zu lassen. Das örtliche Technische Hilfswerk stellt Tische und Bänke auf, um die Helfer am Morgen mit einem Frühstück zu empfangen. Die weitere Versorgung stellt das THW sicher.

*

Sewolt hat ordentlich Strecke zurückgelegt, es wird langsam dämmrig. Da er sich kurz vor dem Molkenhaus aufhält, schaut er, ob er da unterkommt. Bei seiner Ankunft ist

86

das Gasthaus geschlossen und die Besitzer und einige Angestellte Saisonkräfte verlassen das Gelände.

«Na, wo wandern Sie denn so spät hin?» Der Wirt hat angehalten, um mit Sewolt zu sprechen.

«Ich plante ursprünglich, hier zu übernachten!», sagt Sausmikat.

«Das bieten wir schon lange nicht mehr an!», entgegnet der entgegenkommende Wirt. «Aber Sie dürfen gerne hinten im Heuschober nächtigen, wenn Sie kein Feuer anmachen oder Kerzen benutzen!», bietet er an.

«Das Angebot nehme ich gerne an!», bedankt sich Sewolt Sausmikat bei dem Wirt.

«Ok, dann sehen wir uns morgen zum Frühstück, ab 07:00 Uhr sind wir wieder hier im Einsatz», verabschiedet sich er Gastwirt und fährt davon.

Sausmikat schaut sich den Schober an und bereitet sein Nachtlager vor. Im letzten Licht verzehrt er eine halbe Salami mit trockenem Brot, dazu trinkt er eine Tüte H-Milch. Er legt sich schlafen, die Wölfe warten bis Morgen, da ist er sicher.

»Lupus caritate«
© 2020 Klaus-Dieter Budde
klaus.dieter.budde@gmail.com

7. Kapitel Hatz am Brocken

«Hallo, einen wunderschönen guten Morgen wünschen euch das Team von: der NDR 2 am Morgen, mit Holger Ponik und Ilka Petersen. Alle Hits und alle Infos für den Start in den Tag.»

Der Radiowecker reißt mich buchstäblich aus dem Schlaf. Fünf Uhr, wie kann man um diese Uhrzeit solch eine ausgelassene Laune haben? Ich beneide die beiden vom NDR, wie sie jeden Morgen, die Menschen mit ihrer Fröhlichkeit aus dem Bett holen.

Wir sind in Elbingerode in der Pension «Talmühle» untergekommen. Ein familiengeführtes Haus. Das mit seiner familiären Atmosphäre für den gehobenen Anspruch wirbt. Hier wird dem Gast etwas geboten. Der Familie ist es wichtig, dass sich ihre Gäste wohlfühlen. Nach einer Gassi-Runde mit Hellmuth begebe ich mich in den Frühstücksraum. Uwe, der schon den ersten Kaffee getrunken hat, sitzt mit Tamara beim Frühstück vor einem großflächigen Fenster. Sie bestaunen den Garten der Gastgeber.

«Moin, Moin!», ich setze mich dazu, wir besprechen ein paar Details für den heutigen Tag.

*

Tamara agiert vom Campingplatz aus. Im Verlauf der Aktion koordiniert sie die Umweltaktivisten, in Absprache mit der Einsatzleitung der Polizei. Das Fahrzeug der Einsatzleitstelle hat Uwe ebenso dort platziert, damit das ganze Equipment an einem Ort zur Verfügung steht, auch versorgungstechnische Gründe spielen dabei eine Rolle.

Um acht Uhr bewegen sich alle drei Einsatzgruppen auf den ausgewiesenen Zielpunkt, dem «großen Jägerkopf» zu.

»Lupus caritate«
© 2020 Klaus-Dieter Budde
klaus.dieter.budde@gmail.com

Wir bewegen uns mit den Aktivisten in einer Linie. Die Abstände zwischen den einzelnen Mitstreitern werden durch Uwe auf maximal 50 Meter festgelegt. Da haben wir Kontakt zueinander und es flutscht uns keiner durch, begründet er das bei der Einweisung am Morgen.

Wir sind beim «Forsthaus Hohne» gestartet und bewegen uns in Nord/nord-westlicher Richtung auf das Molkenhaus zu. Zuerst steigen wir recht steil bergauf, um später wieder mit ausgeprägtem Gefälle bis zur Holtemme, einem Bachlauf, hinab zu wandern. Wir sind aufmerksam und akzeptieren die körperlichen Strapazen gern. Am Hanneckenbruch unter alten Bäumen ist die erste Pause. Uwe lässt die Gruppe entscheiden, ob wir zu Mittag im Molkenhaus einkehren, oder weiter Suchen und kurze Rasten am Weg einlegen. Einstimmig entscheiden sich alle für die zweite Variante. Nach dem Aufenthalt treibt es uns in Richtung großer Jägerkopf.

*

Sewolt Sausmikat ist früh aufgestanden, hat sich an einem Bachlauf gewaschen und freut sich aufs Frühstück. Er hat gesehen, dass die Wirtsleute angekommen sind. Sewolt schreitet vor zum Wirtshaus und ordert ein Harzkäse-Brett, das ist ein kräftiges Bauernbrot, mit hausgemachtem Schmalz, zweierlei Harzer Käse, Zwiebeln, Kümmel, Gewürzgurke und einer Salatgarnitur. Das Ganze kommt auf einem Holzbrett an den Tisch. Er bestellt sich einen stattlichen Kaffeepott dazu.

Nach dem Frühstück begeht er den Weg zur «Hohen Wand», dort hat er in der Nacht Wölfe heulen hören. Sewolt folgt einem Wanderweg. Sein «Auftrag» drängt zur nächsten Wolfstötung. An einer Schutzhütte am Wegekreuz verlässt er die Route und stakst über einen schmalen Wiesenstreifen, der

»Lupus caritate«
© 2020 Klaus-Dieter Budde
klaus.dieter.budde@gmail.com

sich nachfolgend zu einer herrlichen Bergwiese öffnet. Hier hinter einem überschaubaren Felsen packt er seinen Quadrokopter aus und überfliegt die Wiese, die prachtvoll blüht, auf der Suche nach neuen Opfern ab.

Da sind sie, ein stattliches Rudel, mindestens zwölf Tiere. Sewolt holt die Drohne zurück und hebt die Waffe auf. Wie er sich an die Wölfe heranschleicht und dabei ist, seinen selbstgebauten Schalldämpfer auszupacken, schaut er zum Rudel herüber und erschrickt. Einer der Wölfe, scheinbar das Alphatier, jagt geradewegs auf ihn zu. Sewolt wirft in Panik den Schalldämpfer zur Seite und legt an. Sofort zieht er den Abzug durch, es passiert nichts! Kein Schuss. Ihm fällt siedend heiß ein, dass er nicht durchgeladen hat. Flugs lädt er durch, geht in den Anschlag und visiert den heranstürmenden Wolf, dessen Knurren er jetzt deutlich hört, erneut an. Sewolt schießt sofort. Der Wolf jault aus voller Kehle auf und rennt lahmend zurück zu seinem Rudel, das in Richtung «großer Jägerkopf» flüchtet.

«Mist!», schimpft Sewolt, das braucht er jetzt nicht, ein angeschossenes Tier ist unberechenbar, das weiß er als Jäger. Sewolt Sausmikat holt flink seinen Rucksack und folgt den Tieren, er hat sich auferlegt, sie zu töten.

*

Wir sind zügig vorangekommen und nähern uns den Ohrenklippen, wie aus heiterem Himmel ein Schuss zu hören ist.

«Das kommt von dort!» Uwe zeigt in Richtung auf die «Hohe Wand».

Wir formieren um und bewegen uns halb links in neuer Formation auf die «Hohe Wand» zu. Die Abstände haben wir

90

»Lupus caritate«
© 2020 Klaus-Dieter Budde
klaus.dieter.budde@gmail.com

beibehalten, wissen ja nicht, was auf uns zukommt. Wir streben bergauf, ich habe Hellmuth im Zuggeschirr und er hilft ordentlich mit. Hellmuth hat Witterung aufgenommen, das merke ich, verlasse mich auf seine Nase. Zielstrebig zieht er mich zur «Hohen Wand». Vor uns öffnet sich eine blühende Bergwiese. Hellmuth zieht mich weiter halb links über die Wiese, ich gebe den anderen ein Zeichen und wir folgen in breiter Formation dem Hund.

Es ist bisher eine Stunde seit dem Schuss vergangen, wir befürchten das Schlimmste. Hat es wieder einen Wolf erwischt? Hellmuth zieht heftiger und hört kaum noch auf Kommandos, er ist im Suchmodus. Einhundert Meter weiter stoppt mein Hund und legt sich flach hin, ein Zeichen, dass er was gefunden hat.

Wir finden Blut und ein Paar Fellreste, wie es aussieht, wurde hier ein Wolf angeschossen. Der Wolf ist nach der Spurenlage in Richtung «großer Jägerkopf» geflüchtet. Hier ist ein ganzes Rudel unterwegs. Ein weiteres Absuchen der Wiese ergibt, dass der Schütze unmittelbar vor dem Wolf, im hohen Gras gelegen hat. Der Wolf hat ihn vermutlich überrascht. Unweit dieser Stelle findet eine Aktivistin der «Harzwölfe» den Schalldämpfer. Jetzt stellen wir uns vor, was passiert ist.

«Der Wolf ist ihm zuvorgekommen!», sage ich zu Uwe.

Kriminalhauptkommissar Uwe Schmittmeyer hört nicht zu, er teilt die Helfer in zwei Gruppen ein mit dem Ziel, die «Hohe Wand» von zwei Seiten anzugehen.

«Wir sind gezwungen, den verletzten Wolf vor diesem Sausmikat zu finden!», motiviert er die Helfer. Ich binde Hellmuth an eine Schleppleine, da ist die Kontrolle bei mir, wenn er sucht. Mein Tamaskan-Rüde folgt der Schweißspur des verletzten Wolfes. Der hat wieder zu seinem Rudel gefunden und bewegt sich an der hohen Wand entlang in östlicher Richtung. Um später durch ein dichtes Gehölz nach Norden auf den «großen Jägerkopf» zu zulaufen.

*

Sewolt ist zu schnell auf die «Hohe Wand» aufgestiegen, nun sitzt er auf einer Bank und erholt sich von den Strapazen. Die Wölfe sind schlauer und zuerst in östlicher Richtung bis zum Ende der Bergwiese davongelaufen. Er hat sich deswegen beeilt, strebt an, den Wölfen den Weg zum «großen Jägerkopf» abzuschneiden, wo diese wie es scheint, hinwollen. Sewolt macht sich auf den Weg und stellt fest, dass er auf ein schier undurchdringliches Unterholz hinsteuert. *Mist,* denkt er und versucht, das Gehölz an der Südseite zu umgehen.

In geringen Abständen sucht er mit seinem Fernglas die Gegend ab. Wie Sewolt Sausmikat am Ende des Gehölzes eine Gasse kreuzt, sieht er sie. Einhundert Meter südlich von ihm quert zeitgleich eine stattliche Menschengruppe die Gasse. Sie haben einen Hund dabei, der etwas sucht. Die Suchen mich, erschrickt Sewolt und verschwindet im gegenüberliegenden Dickicht. Er presst sich dicht auf den Boden und wagt nicht, zu atmen. Die Gruppe kommt näher. Die suchen mich hundertprozentig, urteilt er und springt auf, um wieselflink in östlicher Richtung davonzustürmen.

*

Wir haben die Bergwiese in östlicher Richtung verlassen und Folgen einer Gasse, die werden aus Brandschutzgründen hier angelegt. In der Ferne wähne ich einen Schatten, da Hellmuth nicht reagiert, habe ich mich scheinbar getäuscht. Wir folgen der Gasse bis nach Norden zu einem Abzweig.

92

Hier suchen wir in nordöstlicher Richtung weiter, direkt auf den «großen Jägerkopf» zu.

Uwe ist mit seiner Gruppe wieder zu uns gestoßen, sie haben an der hohen Wand nichts von Bedeutung wahrgenommen. Beide Gruppen nehmen die bewährte Formation ein. Hellmuth führt uns über die Schweißspur an den verletzten Wolf heran, da bin ich mir sicher.

Kurze Zeit später, schreit Uwe urplötzlich, ca. Einhundert Meter linker Hand von uns, wie am Spieß. Ich renne mit Hellmuth sofort hinüber und sehe, schon bei der Annäherung, was passiert ist. Kriminalhauptkommissar Uwe Schmittmeyer ist in einen schmalen Felsspalt gerutscht. Festgeklemmt schreit er vor Schmerzen. Ich hocke mich zu ihm nieder und rede beruhigend auf ihn ein.

Die anderen sind sofort bei uns und helfen mir, Uwe aus dem Spalt zu befreien. Er hat enorme Verletzungen. Eilends verbinden wir die heftig blutenden Schnittwunden, die er sich an dem scharfkantigen Felsgrat zugezogen hat, mit Druckverbänden. Das größte Problem ist sein linkes Bein. Am Unterschenkel sehe ich einen offenen Bruch, den bandagieren wir ordentlich, soweit es machbar ist. Für Uwe ist das mit starken Schmerzen verbunden. Er ist beherrscht und beißt die Zähne zusammen. Das Knie des verletzten Beines ist verdreht, das sieht nicht gesund aus. Wir legen eine provisorische Schiene aus Stöcken und Zweigen an. Polstern diese, wie ich es bei der Bundeswehr gelernt habe, mit Moos und Grasbüscheln aus.

Die Hatz nach dem Wolfsmörder ist erst einmal zu Ende. Ein Mitglied aus Uwes Team hat inzwischen einen Rettungshubschrauber gerufen. Da dieser einen Landeplatz

»Lupus caritate«
© 2020 Klaus-Dieter Budde
klaus.dieter.budde@gmail.com

benötigt, planen wir den Weg zurück zur Bergwiese. Ich baue mit einigen Helfern einen «Bergungsschlitten», das sind zwei lange Stangen von trockenen Nadelbäumen, auf die ich einen Parka, bei dem wir die Ärmel auf links gezogen haben, so ziehen, dass die Stangen durch die Ärmel geschoben werden. Um Auflagefläche zu Gewinnen opfert ein Aktivist einen zweiten Parka. Auf diese Konstruktion legen wir Uwe, der inzwischen das Bewusstsein verloren hat.

Ich ergreife die Enden der Stangen des «Bergungsschlitten» und lasse mich von Hellmuth zurück zur Bergwiese ziehen. Seitlich unterstützen mich Helfer, den Schlitten heil auf die Wiese zu geleiten. Nach einer dreiviertel Stunde, wir sind soeben total erschöpft auf der Bergwiese angekommen, hören wir die Rotoren des Helikopters. Uwe wird nach dessen Ankunft sofort versorgt und verladen.

«Wo fliegen Sie ihn hin?», frage ich den Piloten.

«Klinikum der medizinischen Hochschule Hannover!», antwortet er knapp und steigt mit seinem Fluggerät auf, um schnellstmöglich sein Ziel zu erreichen.

*

Über Funk werden die beiden Gruppen der Bundespolizei benachrichtigt. Wir besprechen mit ihnen den Abbruch der Aktion. Die Gruppe, aus Wernigerode, hatte Wolfskontakt. Der begleitende Veterinär hat den verletzten Wolf betäubt, um ihn zu behandeln. Das sind mal positive Nachrichten, denke ich. Sorge mich aber sofort wieder um den Kriminalhauptkommissar. Wir Helfer sammeln uns am Molkenhaus, von wo wir alsbald abgeholt werden. Ich rufe Tamara an. Endlich habe ich wieder Netzempfang. Ich schildere, was passiert ist und bitte sie, nach Hannover zu fahren. Sie hält mich auf dem Laufenden, wie es um meinen Freund Uwe Schmittmeyer steht.

*

Alle involvierten Gruppen haben sich nach gemeinsamer Verpflegungseinnahme, auf dem unteren Teil des Campingplatzes versammelt. Ein Hauptkommissar aus dem Team von Uwe Schmittmeyer bedankt sich bei den Beteiligten. Er erklärt die Aktion für beendet.

«Wir suchen hier eine Stecknadel im Heuhaufen. Ohne Wärmebildaufklärung haben wir hier keine große Chance, den Gesuchten zu finden. Wir haben zumindest eine erneute Wolfstötung verhindert!», lobt er die Helfer. «Der verletzte Wolf wurde nach seiner Behandlung, es war nur ein Streifschuss, wieder freigelassen. Er ist nach den Beobachtungen der Bundespolizei, wieder zu seinem Rudel zurückgekehrt», berichtet er weiter. «Ich bedanke mich bei allen Aktivisten. Bleibt aktiv im Netz, es ist denkbar, das sich eine zweite Chance ergibt. Dem THW mit seiner Mannschaft und vor allem dem Campingplatzbetreiber gebührt ebenso mein Dank. Drückt meinem Kollegen die Daumen, dass er wieder genesen wird. Zurzeit wird er im Klinikum der medizinischen Hochschule Hannover operiert.» Deutlich betroffen wendet er sich ab.

Alle Anwesenden sind entlassen und bereiten sich auf den Heimweg vor. Ich verabschiede mich von den Mitstreitern und fahre in die Pension «Talmühle». Ich beabsichtigte heute Abend nach Hannover zu fahren, um zu erfahren, wie arg es um Uwe steht. Hellmuth ist durch die zuletzt harte Zug-Arbeit geschafft, er legt sich in seine Box im Fahrzeug und schläft den Schlaf der gerechten.

95

»Lupus caritate«
© 2020 Klaus-Dieter Budde
klaus.dieter.budde@gmail.com

Sewolt Sausmikat ist zuerst in Richtung Wernigerode gehastet, wie er dort auf einen Suchtrupp der Bundespolizei stößt, verwirft er die Idee und rennt zurück zum Campingplatz, um sein Auto zu holen. Wie er gegen Abend dort ankommt, sieht er, wie sein Fahrzeug mit allen seinen Sachen auf einen Abschleppwagen der Polizei verladen wird. *Hier ist verbrannte Erde,* denkt Sewolt und zieht sich vorerst in den Wald zurück.

Am nächsten Morgen ist Sewolt Sausmikat ordentlich durchgefroren, er hat in einem Bauwagen am Kunstberg-Schacht genächtigt. Den Ölofen im Wagen heizte er nicht an, bei solch einer Polizeipräsenz hatte er Angst das man ihn entdeckt. Sewolt erfrischt sich an einem Bachlauf und begibt er sich ohne seinen Rucksack in den Ort. Er sieht sich genötigt, zu verschwinden, und braucht gegenwärtig einen fahrbaren Untersatz. Auf einem Hinterhof entdeckt er eine Anzahl alter gebrauchter Fahrzeuge. Hier stehen Trabant 600, Moskwitsch 426, Lada und Co herum.

«Hallo ist da jemand?», erzeugt er Aufmerksamkeit.

«Ja hier, was wünschen Sie denn?» Kommt ein älterer Herr um die Ecke.

«Verkaufen Sie diese Schätzchen, oder sind Sie Sammler?», fragt Sewolt Sausmikat den Herrn.

«Ja wenn Sie einen in Ihren Besitz bringen möchten, dann man zu! Bin froh, wenn die Karren weg sind!», bietet dieser seinen Fuhrpark an.

«Was ist mit dem Lada dort?» Erwartungsvoll zeigt Sewolt auf einen alten Lada.

«TÜV hat er nicht mehr, dafür läuft er wie ein großer!», berichtet der Alte.

96

«Darf ich den mal Probe fahren?»

«Klar kein Problem, hier ist der Schlüssel.» Der Herr wirft Sewolt den Fahrzeugschlüssel zu. Sausmikat bewältigt eine kurze Probefahrt. Da er sich mit Lada auskennt, merkt er sofort, dass hier ist ein intaktes Fahrzeug. Er ist nicht ausgestattet wie sein alter Lada aber tadellos. Sewolt kauft dem Herrn das Auto für kleines Geld ab und verspricht, ihn bald abzuholen. Nachdem er seinen Rucksack geholt hat, trampt er bis nach Wernigerode, um sich hier bei der Kfz-Zulassungsstelle neue Kennzeichen zu beschaffen. Da er noch die Fahrzeugpapiere von seinem alten Lada hat, meldet er die alten Schilder verloren.

«Wo haben Sie die denn verloren?», fragt der Sachbearbeiter der Zulassungsstelle.

«Wenn ich das wüsste, würde ich sie dort suchen!», antwortet Sewolt. «Aber Spaß beiseite. Ich war mit dem Lada Off-Road unterwegs in einem alten Kalkabbau im Nahbereich von Elbingerode. Dort habe ich sie verloren», erklärt Sausmikat dem Beamten.

«Ok, aber es ist mir nicht erlaubt, Ihnen das gleiche Kennzeichen zugeben! Falls jemand die alten Kennzeichen benutzt, sind sie ja mit einer so genannten Doublette unterwegs. Das ist aber nicht gestattet», erklärt der Sachbearbeiter.

«Dann geben Sie mir halt andere!»

Das ist Sewolt Recht, damit wird er seine Spur verwischen. Er lässt die neuen Kennzeichen bei einem Schilderdienst im Ort erstellen und holt sich in der Zulassungsstelle die Plaketten ab.

«Vielen Dank für Ihre Hilfe!», bedankt er sich bei dem

»Lupus caritate«
© 2020 Klaus-Dieter Budde
klaus.dieter.budde@gmail.com

Mitarbeiter der Zulassungsstelle und trampt zurück nach Elbingerode. Hier holt er den Lada ab und schraubt gleich die neuen Schilder an das Fahrzeug. Der alte Eigentümer staunt, das Sewolt den Lada über den TÜV gebracht hat, ohne ihn vorzuführen.

«Ja!», sagt Sewolt undurchsichtig. «Mit ein bisschen Vitamin € wie Euro ist alles möglich.» Steigt in den Lada und fährt vom Hof.

Er fühlt sich besser und fährt in Richtung Süden davon. Sein neues Ziel ist eine Gemeinde im Thüringer Wald. Tambach-Dietharz, hier war er mal im Urlaub. Ein abgelegener Ort optimal geeignet, um sich zu verkrümeln.

Er fährt Landstraße, über Nordhausen die B4 und B84, über Bad Langensalza, Eisenach, B19 bis zum Hotel und Gasthof «zum Ochsen», hier nimmt er sich ein Zimmer unter dem Namen Schmitt und schläft sich nach langer Zeit mal wieder aus.

»Lupus caritate«
© 2020 Klaus-Dieter Budde
klaus.dieter.budde@gmail.com

8. Kapitel Kehrtwende

Wie ich im Klinikum ankomme, empfängt mich Tamara draußen vor der Tür.

«Uwe ist schon wieder im OP, das dauert etwas. Wie ist das denn passiert?», fragt sie.

Ich erkläre ihr, dass Uwe in eine schmale überwachsene Felsspalte gerutscht ist.

«Die Steinkanten waren so scharf, dass er sich alles aufgeschnitten hat!», schildere ich seine Verletzungen.

«Uwe war, wie er da hineingefallen ist, in der Vorwärtsbewegung, anders vermag ich mir den Bruch nicht erklären», berichte ich weiter.

Ich berichte von dem verdrehten Knie und der langwierigen Bergungsaktion.

«Hellmuth hat wahrlich bis über seine Leistungsgrenze gezogen. Wie wenn er wahrgenommen hat, dass es um Leben und Tod ging», lobe ich meinen Hund, der Herausragendes geleistet hat.

Wir beschließen, zu Abend zu essen. Da die Operation doch länger dauert. Tamara sucht auf ihrem Mobiltelefon ein Restaurant in der Umgegend des Klinikums aus. Im Mercure Hotel Hannover bekommen wir einen Tisch.

Tamara wählt einen Caesars Salat. Klassisch mit Tomate, Gurke und winzigen Würfeln vom gerösteten Brot, gehobeltem Parmesan und Putenbruststreifen. Ich probiere ein Kabeljaufilet mit Pumpernickel Kruste, Soße von lila Senf, Pak Choi und Graupen Risotto. Dazu trinken wir einen trockenen Weißwein von der Nahe.

Unsere Wertschätzung gewinnt das Essen nicht. Die Gedanken sind die ganze Zeit beim gemeinsamen Freund

»Lupus caritate«
© 2020 Klaus-Dieter Budde
klaus.dieter.budde@gmail.com

Uwe, der in der Klinik nebenan operiert wird.

Gegen dreiundzwanzig Uhr, die OP dauerte etwa fünf Stunden. Sprechen wir mit dem behandelnden Arzt. Der Doktor setzt uns ins Bild über die Operation und den weiteren geplanten Ablauf der Heilbehandlung.

«Es wird ein langer Weg!», sagt der Doktor. «Aber Ihr Freund hat eine große Chance, dass er wieder laufen wird, wenn er die Rehabilitation beendet hat», erzeugt er Hoffnung bei uns.

Überzeugt klinkt anders, sagt mir mein Bauchgefühl. Ich hoffe das Beste für Uwe. Der Doc berichtet, dass man Uwe aufgrund eines Bruchs im Kniegelenk, bei dem er sich die Bänder abgerissen hat. Das Gelenk teilweise mit künstlichen Elementen wiederaufgebaut hat. Der offene Bruch ist, wegen der präzisen Vorarbeit der Ersthelfer, eher unkompliziert.

«Wann ist es erlaubt den Patienten zu besuchen?», fragt Tamara den Doktor.

«Vor morgen früh wird das nichts. Der Patient braucht jetzt Ruhe!», meint der Arzt.

«Ok, dann erst einmal vielen Dank für Ihre Informationen. Wir kommen morgen wieder vorbei.» Ich bin gefrustet, ich habe damit gerechnet, heute mit Uwe zu sprechen. Ich buche mir ein Zimmer im Mercure Hotel Hannover. Tamara kommt bei ihrer in der nahen Stadt lebenden Schwester unter. Wir verabreden uns für den nächsten Morgen um zehn Uhr vor der Klinik.

*

In Stade bei der Kripo sitzen ein Vertreter der Staatsanwaltschaft und hohe Kriminale zusammen. Sie

»Lupus caritate«
© 2020 Klaus-Dieter Budde
klaus.dieter.budde@gmail.com

beraten, wie es ohne Kriminalhauptkommissar Uwe Schmittmeyer weitergeht.

Die Informationen, die aus Hannover kommen, lassen befürchten, das Schmittmeyer lange ausfällt. Nach gründlicher Beratung kommt man zu dem Schluss, dass die Sonderkommission auf «Sparflamme» weitergeführt wird. Der neue Leiter ist ein Kollege von Schmittmeyer, der in den Fall involviert ist. Der allgemeine Tenor ist: Abwarten, ob der Wolfskiller sich nochmal zeigt, dabei verdeckt weiterfahnden.

«An die Presse wird nur das Nötigste weitergegeben!», sagt der Vertreter der Staatsanwaltschaft, der für den späten Abend eine Pressekonferenz einberufen hat.

*

Am Morgen, Tamara ist pünktlich, betreten wir mit gemischten Gefühlen das Klinikum. Zimmer 603 hat die Schwester an der Information gesagt. Wir halten mit dem Aufzug in der sechsten Etage. Hier ist der Intensivbereich.

«Hier ist es.» Tamara zeigt auf die Tür eines Intensivzimmers.

«Wo streben Sie denn hin?» Hören wir eine Krankenschwester rufen.

«Wir? Zu Herrn Uwe Schmittmeyer. Der Doktor hat gestern Abend gesagt, dass wir ihn heute früh besuchen können!», antworte ich.

«Aber nicht so! Ziehen Sie sich bitte in diesem Raum sterile Schutzkleidung über. Dann melden Sie sich bitte wieder bei mir!», ordnet die resolute Dame an. Wir handeln, wie angeordnet und melden uns im Zimmer der Stationsschwester.

«Ich habe mit dem Doktor gesprochen, für einen kurzen

»Lupus caritate«
© 2020 Klaus-Dieter Budde
klaus.dieter.budde@gmail.com

Augenblick dürfen Sie zu ihm, aber regen Sie ihn nicht auf! Dann breche ich sofort ab!» Mit dieser Anweisung im Hinterkopf betreten wir das Intensivzimmer.

Überall piept es, unzählige Apparaturen stehen am Bett von Uwe, der uns gleich erkennt und mit einem schiefen Lächeln begrüßt: «Habt ihr ihn festgenommen?», ist seine erste Frage.

«Leider nein, aber das ist jetzt nicht relevant. Jetzt werden wir alle Hebel in Bewegung setzen, dass du wieder auf die Beine kommst!», beruhige ich ihn.

Wir sprechen über die Operation, von der Uwe im Vorfeld nichts mitbekommen hat, da er unter Schmerzmittel stand. Da Uwe keine Angehörigen hat, bietet Tamara, ohne zu zögern, ihre Hilfe an. Ich habe nicht das Geringste dagegen. Im Gegenteil so ist mein Freund in guten Händen. Uwe begrüßt das Angebot mit einem Lächeln und bittet Tamara gleich, seinen Koffer aus der Pension im Harz zu besorgen.

«Habe ich schon, ist bei mir im Auto!», berichtet sie. Ich habe das nicht mitbekommen, Tamara bedenkt halt alles, sie ist eben eine mustergültige Kraft. Wir verabschieden uns von Uwe, die Stationsschwester hat mehrmalig zum Aufbruch gemahnt, mit dem Versprechen uns zu melden. Uwe hebt kurz die Hand. Er ist schon wieder zuversichtlich, das bereitet uns Freude.

»Lupus caritate«
© 2020 Klaus-Dieter Budde
klaus.dieter.budde@gmail.com

9. Kapitel Niedergang eines Politikers

Eine Woche nach dem Abbruch unserer Suchaktion, bin ich wieder bei der Arbeit. Ich recherchiere, wo dieser Sausmikat abgeblieben ist. Da Tamara in Hannover ist, um Uwe zu bemuttern, kommuniziere ich mit den Aktivisten am Rechner. Ich bitte sie, in ihren Netzwerken nachzuforschen, ob Sewolt Sausmikat sich in der Gegend von Elbingerode oder Oberharz ein Fahrzeug besorgt hat.

Ursula Richtich bietet sich an, bei mir den Part von Tamara zu übernehmen. Dann sichtet sie die Ergebnisse aus dem Netzwerk und bewertet sie. Das nehme ich gerne an. Ich stehe zwar nicht mehr auf Kriegsfuß mit dem Rechner, der Freak bin ich aber bisher nicht. Tamara meldet sich zweimal am Tag bei mir, um zu berichten, welche Fortschritte Uwe in seinem Heilungsprozess erzielt. Es zeichnet sich auf eine gewisse Art ab, dass das eine langwierige Geschichte ist. Ich habe den Eindruck, es ist ihr eine Herzensangelegenheit. Wenn sich da über kurz oder lang nichts anbahnt, wähne ich und schmunzle. Wären sie doch ein ausgezeichnetes Paar.

*

Über die Netzwerker recherchieren wir, das Sewolt Sausmikat sich in Elbingerode, bei einem alten Autobastler, einen Lada-Niva gekauft hat. Da das Fahrzeug nicht angemeldet war, vermute ich, dass sich Sausmikat abermals Kennzeichen gestohlen hat. Soweit ist das klar. Welchen Weg Sausmikat zur Flucht benutzt hat, ist nicht bekannt. Sewolt Sausmikat ist wie vom Erdboden verschwunden. Ich gebe das Ergebnis an den zuständigen Kriminalbeamten in Stade weiter. Seit Uwe im Krankenhaus liegt, habe ich geringen Kontakt zur verkleinerten Sonderkommission. Der Beamte bedankt sich

103

»Lupus caritate«
© 2020 Klaus-Dieter Budde
klaus.dieter.budde@gmail.com

bei mir und verspricht, Bescheid zu geben, wenn sie was erfahren.

*

Drei Wochen streichen ins Land und keine Bewegung in der «Wolfsgeschichte». Uwe Schmittmeyer ist inzwischen in der Reha in Bad Bevensen und erreicht leidlich Fortschritte. Es zeichnet sich ab, dass er nie wieder ohne Einschränkungen laufen wird. Uwe betrachtet das mit Humor, ich schätze nicht ein, ob das ein Schutzschild ist oder ob er sein Handicap akzeptiert hat.

Ich bin dabei die Tagespost, die hereingekommen ist, zu sichten. Wie ein eingehender Anruf auf dem Display der Telefonanlage drängelt. Der Anrufer, ein alter Bekannter, teilt mir mit, dass Gottwald Defehrden-Tautorath eine Pressekonferenz bei einem Schäfer im Kehdinger Land angekündigt hat. Ich schreibe mir die Adresse auf. Da werde ich gewiss hinfahren. Würde gerne hören, wie dieser Lokalpolitiker wieder über die Wölfe hetzt. Der Veranstaltungsort lässt kein anders Thema zu.

*

Gegen 15:00 Uhr war die angekündigte Zeit der Pressekonferenz, ich bin ein bisschen früher dort und sehe mich erstmal, mit Hellmuth an der Leine, im Nahbereich der Schäferei um. Es handelt sich hier um einen mittelgroßen Tierbestand. Überwiegend in Gattern gehalten.

Ich unterhalte mich mit einem Nachbarn des Schäfers. Der hat mich forsch angesprochen und gefragt, was denn da los ist. Wie ich ihn darauf hinweise, dass hier gleich Defehrden - Tautorath eine Pressekonferenz geben wird, gerät der Nachbar außer Fassung.

104

»Lupus caritate«
© 2020 Klaus-Dieter Budde
klaus.dieter.budde@gmail.com

«Dieser Politikpinsel, vor Jahren, wie die Wölfe noch kein Thema waren, wusste der doch überhaupt nicht, wie man Schäfer schreibt!», echauffiert sich der Herr.

«Jetzt, wo er Punkte sammeln kann, sind die Schafe auf einem Mal wichtig für die Deiche», fährt er fort. «Der puscht das Thema geschickt hoch, kümmert sich besser mal darum das, es nicht ein halbes Jahr dauert bis die Schäfer ihre Entschädigungen bekommen!», fordert er. «Aber, da hat der Herr Defehrden - Tautorath und das Land äußerlich betrachtet Stacheldraht in der Tasche!», regt er sich weiter auf.

Er erzählt mir, dass das hier alles Show ist, jetzt wisse er auch, warum ein konkurrierender Schafzüchter heute Morgen seine Tiere hier ins Gatter getrieben hat.

«Alles Lug und Betrug, nur um die Wölfe zu schädigen!», schimpft der Nachbar des Schäfers.

Er greift seinen Hut, lüftet ihn kurz und lässt mich verdutzt stehen. Na der hat ja Dampf abgelassen, finde ich, bringe Hellmuth zum Wagen in seine Box und begebe mich auf den Weg zur Pressekonferenz. Diese inszeniert ein professioneller Moderator vortrefflich.

Im Eingangsbereich hängen Fotos von blutig gerissenen Schafen und Lämmern. Bei genauerem Hinsehen, stelle ich fest das, es insgesamt drei gerissene Schafe und zwei Lämmer gibt. Die Szenen wurden aus verschiedenen Perspektiven fotografiert. So entsteht aufgrund der Menge der Fotos der Eindruck, dass es sich um weitaus mehr Schafe handelt. Geschickt aufbereitet. *Unredlich!* Denke ich und setze mich in die letzte Reihe.

Ein Moderator begrüßt die anwesenden Presseleute. NDR 1 Radio ist mit einem Team vor Ort und sendet direkt. Der

»Lupus caritate«
© 2020 Klaus-Dieter Budde
klaus.dieter.budde@gmail.com

Moderator kündigt den Lokalhero Gottwald Defehrden - Tautorath an.

Hier fehlt nur «we are the Champions» von den «Skorpions» als Einspieler, unke ich in mich hinein.

Defehrden - Tautorath sieht sich Beifall heischend um. Das hier ist sein Heimspiel, hier zieht er wieder vom Leder. Er bedient alle Register, stellt den «armen Schäfer» der Pressemeute vor. Verspricht, dass dieser hinterher für Fragen zur Verfügung steht. Der Wolf diese grausame Bestie. Der den Norden der Republik in bestialischer Manier überfällt, ist nach dieser blutrünstigen Untat nur durch die Jäger der Region zu stoppen. Gottwald Defehrden - Tautorath fordert allen Ernstes die Freigabe für die Wolfsjagd.

«Nicht nur einzelne Entnahmen!», betont er ausdrücklich. «Die gehören alle weg! Erst dann sind unsere Deiche wieder sicher. Wir brauchen die Schafe für den Deichschutz, das geht mit dem Wolf nicht zusammen!», ruft er abschließend und lässt die ersten Fragen zu.

«Herr Defehrden - Tautorath wie passt die Forderung nach der Wolfstötung, um die Schafe für den Deichschutz zu schützen, zu Ihrer Zustimmung zur Elbvertiefung? Diese gefährdet die Deiche doch um ein Vielfaches mehr als der Wolf. Das ist sogar wissenschaftlich belegt!»

Der Fragesteller, ein Journalist vom Tageblatt, grinst den Lokalhero frech an.

«Wir beantworten heute nur Fragen zur Wolfspopulation und dem bösartigen Verhalten der Wölfe!», antwortet Gottwald locker die Frage.

Er hat jetzt begriffen, dass da nicht nur Fans von ihm sitzen. Er ist gehalten das im Blick zu behalten. Die nächste

»Lupus caritate«
© 2020 Klaus-Dieter Budde
klaus.dieter.budde@gmail.com

Frage stelle ich.

«Herr Defehrden-Tautorath ist es wahr, dass der hier anwesende Schäfer den Betrieb im Nebenerwerb betreibt? Ist es weiter zutreffend, dass Sie um das Bild, sagen wir etwas aufzuschönen, Schafe anderer Schäfereien hier versammelt haben?» Ich habe ein Grinsen im Gesicht, ein bitteres Grinsen.

Der Hero schnappt nach Luft und sieht sich hilflos um, aber sein Moderator hat sich schon verpieselt.

«Da habe ich dann die zweite Frage!», ich lass ihn gar nicht erst Antworten.

«Der Herr Sausmikat, nachdem fieberhaft gesucht wird, weil er schon einige Wölfe bestialisch getötet hat, war doch in Ihrem Wahlkampfteam? Schließen Sie aus, dass das etwas mit Ihrer, ich nenne es mal vorsichtig Wolfshetze, zu schaffen hat?»

Jetzt habe ich ihn, er ist aschfahl.

«Sie wissen womöglich, dass bei der Verfolgung von Sausmikat ein hoher Kriminalbeamter aus Stade schwer verletzt wurde. Wie stehen Sie dazu?», setze ich nach.

Gottwald Defehrden-Tautorath sieht panisch in die Runde. Aber, da ist niemand, der ihm hilft. Die Presseleute wittern eine Sensation und warten ab.

Der Journalist des Tageblattes nickt mir zustimmend zu. Da keine Antwort kommt, fährt er mit der Befragung fort.

«Herr Defehrden - Tautorath ist das korrekt, was der Mann sagt? Es sind Wölfe von einem Mitarbeiter Ihres Wahlkampfteams getötet worden? Wie gehts dem Kriminalbeamten? Haben Sie ihn schon einmal gesprochen nach seiner Verletzung?»

»Lupus caritate«
© 2020 Klaus-Dieter Budde
klaus.dieter.budde@gmail.com

Die Antwort kennt hier jeder im Raum, der Lokalpolitiker antwortet nicht, sein Gesicht spricht Bände. Inzwischen taucht der Moderator wieder auf: «Meine Herren, unter den gegebenen Umständen breche ich die Pressezusammenkunft hier jetzt ab. Ich wünsche Ihnen eine angenehme Heimfahrt!», sagt er und ist wieder vom Podium verschwunden.

Gottwald Defehrden-Tautorath steht hilflos vor dem Rednerpult. Er sieht nicht fit aus, aber besorgt bin ich nicht.

«Da ist heute EDEKA!», meint der Journalist vom Tageblatt, der sich zu mir gesellt.

«EDEKA?» Ich schaue den Reporter fragend an.

«Ende **der Ka**rriere!», sagt er knapp.

Wir geben uns die Hand, wir haben wie ein Team diesen Lokal Hero vorgeführt. Heute ist ein ausgezeichneter Tag. Wir verlassen die Location und fahren in Richtung nach Stade, später treffen wir uns im «Korken», es ward ein langer Abend.

*

Am nächsten Morgen bin ich früh mit Hellmuth unterwegs. Eine mittelschwere «Pils-Grippe» hat mich erwischt. Die frische Luft und die Bewegung sind jetzt ausgezeichnet. Es war ein feuchtfröhlicher Abend. Viele Bekannte und Freunde haben angerufen und mir zu meinem Mut gratuliert. Der NDR hat die ganze Pressekonferenz direkt gesendet. Gottwald Defehrden - Tautorath ist nach Meinung der Anrufer erledigt. Ob das den Wölfen hilft? Ich bin mir nicht sicher.

Wie ich mit Hellmuth zurück bin, bereite ich eine anstehende Dog-Trekking-Tour vor. Die Tour ist im Thüringer Wald. Ich habe dort Kontakte zu einer Zughundeschule, die Ferienwohnungen und Zimmer vermietet. Übermorgen ist die

108

»Lupus caritate«
© 2020 Klaus-Dieter Budde
klaus.dieter.budde@gmail.com

Anreise. Drei Tage Wandern mit den Hunden ich freue mich schon wie Bolle.

Mein Freund Uwe Schmittmeyer ruft gegen 10:00 Uhr, über skype in der Detektei an. Er hat die «Pressekonferenz» live im Radio verfolgt und war zuerst begeistert, wie er mir sagte. Hat dieser «Pinsel» wie er den Politiker nennt, doch sein Fett wegbekommen. Zum anderen hat Uwe Bedenken, das öffentlich nach Sausmikat gefahndet wird. Den Einwand entkräfte ich schnell, denn ich habe heute Morgen erfahren, dass man die Sonderkommission aus Personalnot, zum Ende der Woche auflöst. Uwe schimpft wie ein Rohrspatz. Letztendlich ist das eine Entscheidung der Staatsanwaltschaft, die bei Tiertötungen nicht unbedingt Prioritäten sieht. Dem Staat obliegt es, sein Geld zusammenzuhalten, da fallen ein paar Wolfskadaver hinten runter.

Uwe berichtet mir, dass er mit Tamara in zwei Wochen zurück nach Stade kommt.

«Wir haben uns darauf geeinigt, dass wir in Kürze zusammenziehen. Tamara schaut sich schon auf dem Immobilienmarkt in Stade um!»

Er sagt, dass unangestrengt, wie wenn alle Welt Kenntnis hat.

«Mensch Uwe da freu ich mich für euch, hatte schon so eine Ahnung. Großartig!»

Uwe und Tamara ich habe es erahnt.

«Ja», sagt Uwe, «das hat bei uns sofort gefunkt, schon damals wie ich sie das erste Mal bei dir in der Detektei gesehen habe. Jetzt sind wir uns so nahe, dass wir beschlossen haben unser Leben gemeinsam zu gestalten»,

109

»Lupus caritate«
© 2020 Klaus-Dieter Budde
klaus.dieter.budde@gmail.com

erklärt Uwe mir seine Gefühle.

Er fragt mich, ob das Angebot ihn mit in die Detektei zu holen, aufrichtig war.

«Ja das war mein Ernst!», antworte ich mit fragendem Blick. Uwe berichtet mir, dass sein behandelnder Arzt in Bad Bevensen ihn darauf hingewiesen hat, dass er mit seinem Handicap ein Diensttauglichkeitsverfahren durchlaufen muss. Die Wahrscheinlichkeit, dass er dienstuntauglich eingestuft wird, ist beträchtlich.

«Das heißt, du gehst dann frühzeitig in den Ruhestand?», frage ich nach.

«So sieht es nach dem jetzigen Sachstand aus. Wann das sein wird, und ob überhaupt wird derzeit in Hannover geprüft. Die haben sich meine Unterlagen schon zusenden lassen!», berichtet Uwe.

«Bei mir bist du immer willkommen. Mit Tamara sind wir drei dann eindeutig ein unschlagbares Team!», bekräftigte ich mein Angebot.

Ich melde mich bei den beiden für das Trekking-Wochenende im Thüringer Wald ab.

Ich nenne Uwe die Telefonnummer, unter der ich zu der Zeit meiner Abwesenheit zu erreichen bin. Wir verabschieden uns. Ich lächele in mich hinein, das sind ja erfreuliche Nachrichten.

»Lupus caritate«
© 2020 Klaus-Dieter Budde
klaus.dieter.budde@gmail.com

10. Kapitel Nah dran.

Sewolt Sausmikat hat ein paar Tage in dem beschaulichen Städtchen Tambach-Dietharz ausgespannt. Heute Morgen ist er auf dem Weg zu einem Café, um sich bei der morgendlichen Lektüre der Tageszeitung und einer Tasse Kaffee, auf den Tag vorzubereiten. Er holt sich ein «Thüringer-Blatt» und setzt sich im Außenbereich des Cafés in die Sonne. Beim Durchblättern des überregionalen Teiles der Zeitung, hält er jäh inne, da steht was über Gottwald Defehrden-Tautorath: *«Die Wölfe haben sich an Lokalpolitiker gerächt!»* Steht dort geschrieben.

Sewolt liest folgenden Bericht, *... hat der Lokalpolitiker, Gottwald Defehrden - Tautorath durch permanente Wolfskritik, seinen Wahlkampfhelfer Sewolt S. unbewusst oder bewusst animiert die Wölfe bestialisch zu töten?*

...Die Frage ist, wann hat Defehrden - Tautorath geahnt, dass hinter den Wolfstötungen sein Wahlkampfhelfer steckt? Oder hat er es von Anfang an gewusst?

...Seine Partei hat sich eilig von dem Lokalpolitiker distanziert. Ja man erwartet einen Rücktritt von allen Ämtern, heißt es aus Berlin und Hannover.

...einige Menschen, die man der Jägerschaft zuordnet, haben wohlwollende Worte für Gottwald Defehrden - Tautorath.

Sewolt ist wütend, er sieht sich genötigt was zu unternehmen. Am besten ich schnappe mir wieder einen Wolf. Eine Nachricht für alle Wolfsliebhaber. Das Zeichen muss speziell sein, diesen Menschen in Erinnerung bleiben. Gottwald Defehrden - Tautorath sein Lokal-Hero braucht jetzt Ruhe, dafür wird er sorgen! Wutentbrannt eilt er zur

111

Unterkunft, packt das Notwendige ein und fährt zurück in den Harz. Die Jagd beginnt dort wieder, wo er aufgehört hat, damit wird keiner rechnen.

Nach stundenlanger Fahrt gelangt er zu guter Letzt nach Wernigerode. Von hier aus eröffnet er die Jagd. Er mietet sich ein bescheidenes Ferienhaus. Ein bezauberndes Haus, die Gastgeber sind nette Menschen. Sewolt erfasst das alles unterbewusst, er folgt seinem Auftrag, das hat Priorität.

Nach einer ruhelosen Nacht hebt er den vorbereiteten Rucksack mit dem nochmals überprüften Equipment auf. Eine Panne wie auf der Bergwiese erlaubt er sich diesmal nicht. Sewolt Sausmikat steuert zum «Großen Jägerkopf», dort hofft er, die Wölfe anzutreffen. Zuerst fährt er mit dem Lada bis zur Steinernen Renne, von hier rumpelt er über eine so genannte Gasse bis zum silbernen Mann. Hier ist für den Lada der Weg zu Ende. Sewolt verbirgt den Wagen in einer Schneise hinter ausladenden Tannen.

Zu Fuß wandert er weiter. Zwischen «Großer und kleiner Birkenkopf» hindurch direkt zum Ziel. Es ist hier steil, er steigt von 560m bis 746m auf. Oben angekommen setzt Sewolt seinen Quadrokopter zusammen und macht einen ersten Erkundungsflug. Nach geraumer Zeit holt er das Fluggerät herunter. Kein Signal! Er probiert es später weiter im Süden nochmal. Auf einer Bergwiese am «Periodischem Bach» versucht er es wiederholt. Hier hat er ein ausgeprägtes Signal.

Sewolt Sausmikat verfällt in die bekannte Jagd- und Tötungsroutine. Wie ein Uhrwerk spult er seine Tätigkeiten ab: Koordinaten in das GPS-Gerät eingeben, Waffe laden und Fertigladen, Sichern und Zielfernrohr montieren. Der Quadrokopter ist wieder im Rucksack. Die Jagd ist eröffnet.

»Lupus caritate«
© 2020 Klaus-Dieter Budde
klaus.dieter.budde@gmail.com

Sewolt folgt den Anweisungen des GPS-Gerätes.

Querfeldein über Stock und Stein, durch Bäche und Gräben verfolgt er den Wolf auf seiner Spur durch den Oberharz.

Das Gerät zeigt eine geringe Distanz bis zum Zielpunkt an. Hier ist aber kein Wolf, hat das Tier ihn bemerkt und ist davongelaufen? Sewolt begreift das nicht, er ist doch besonnen vorgegangen. Wenig später sieht er den Isegrim. Er sitzt inmitten seines Rudels und leckt sich die Pfoten. Sewolt ist völlig entspannt. Er visiert den Wolf an, schließt kurz um die innere Ruhe zu finden, die Augen und betätigt den Abzug. Schuss und Treffer.

Der Wolf springt einen Meter empor, bevor er zu Boden fällt. *Der war schon tot, ehe er den Boden berührt hat,* denkt Sewolt. Ein makelloser Schuss. Die anderen Wölfe preschen davon, von denen hat er nichts zu befürchten.

Er lädt sich den Wolf, nachdem er seine Waffe verstaut hat, im Gamstragegriff in den Nacken und trägt ihn bis in die Nähe des Waldgasthauses Plessenburg. Hier in einem dazugehörigen Park drapiert er den Wolfskadaver auf eine Freifläche. Entfernt das rechte Ohr und legt eine vorbereitete Karte neben den Kadaver. Daraufhin wandert er den beschwerlichen Weg zurück zum Auto. Er fährt ins Ferienhaus zurück. Nachdem er seine Sachen gepackt hat, macht er sich auf den Weg nach Tambach-Dietharz. Das hat ihm gefallen, kurz und knapp und gleich wieder weg. Meine Spur, ist er sich sicher, ist nicht zu verfolgen.

*

Dog-Trekking ist für Menschen, die mit ihrem Hund die Natur zu Fuß erleben. Teamsport! Weil die Routen und die

113

»Lupus caritate«
© 2020 Klaus-Dieter Budde
klaus.dieter.budde@gmail.com

Ausdauerleistung erarbeitet werden. Es gibt nichts Schöneres, wie mit dem Hund in der Natur unberührte Pfade zu erlaufen. Eindeutige Kommandos, Körpersprache und Motivation ermutigen den Hund zu Höchstleistungen. Dog-Trekking fordert die Konzentration und Aufmerksamkeit des Hundes. Es fördert die Kommunikation mit dem Hundeführer.

*

Gegen zehn Uhr hole ich einen Sportkameraden ab, der an unserer Dog-Trekking-Tour teilnimmt. Wir bilden, um Kosten zu senken, Fahrgemeinschaften innerhalb der Trekking-Clique.

Da jede Menge Baustellen auf der geplanten Route sind, stellen wir uns auf eine längere Fahrt ein. Peter heißt mein Mitfahrer. Er hat eine Thermoskanne mit Kaffee mitgebracht, so sind wir unterwegs mit den von mir beigestellten dänischen Keksen und diversen Süßigkeiten anständig versorgt.

Da ich in früheren Gesprächen erfahren habe, dass Peter auf Seiten der Wölfe steht, unterhalte ich mich mit Peter über die Wolfsgeschichte. Das ist ein Thema, welches wir ausführlich besprechen. Peter ist kein Befürworter der Durchnummerierung der besenderten Tiere. Er hat in dieser Angelegenheit selbst die tiermedizinische Hochschule in Hannover kontaktiert. Peter will erreichen, dass man anstatt der Nummern Namen verwendet. Die Wissenschaftler lehnten das ab. Mit der Begründung das es zu persönlich ist. Hier weisen die Tiermediziner auf die Forschung bei Menschen hin, hier haben die Probanden auch Nummern.

Auf der Höhe von Laatzen unterbricht ein Anruf unser Gespräch, den ich über die Freisprechanlage entgegennehme. Ursula Richtich die in meiner Detektei das Netzwerk betreut, hat Neuigkeiten.

»Lupus caritate«
© 2020 Klaus-Dieter Budde
klaus.dieter.budde@gmail.com

«Hallo Herr Kühl, im Harz hat ein Hotelier einen Wolf in seinem Park gefunden. Allen Anzeichen nach war das Sausmikat! Mit einem Unterschied, er hat dieses Mal eine Nachricht hinterlegt», berichtet Ursula aufgeregt.

«Was hat er den für eine Nachricht hinterlassen?», frage ich nach.

«Das ist nicht bekannt. Das erklärt ihnen, so wie ich es verstanden habe, der Hotelier oder das Forstamt», berichtet Ursula.

Ich bedanke mich für den Anruf und lass mir die Adresse des Gasthauses geben. Im Folgenden beende ich das Gespräch.

Peter, der das Gespräch mitbekommen hat, sagt sofort: «Da fahren wir doch vorbei! Wir sind doch hier im Vor-Harz, oder?»

Ich habe selbst daran gedacht, Peter erleichtert mir mit seinem Vorschlag die Entscheidung.

«Ok, das bekommen wir hin. Es liegt zwar nicht auf dem direkten Weg, aber es ist machbar», sage ich und füttere mein Navigationsgerät mit den neuen Daten.

Waldgasthaus Plessenburg, ist das Ziel. Peter, der sich zuvor aktiv an der Unterhaltung über die Besenderung der Wölfe beteiligt hat, ist still und in sich gekehrt. Die direkte Konfrontation mit einer Untat ist was anderes, wie darüber zu sprechen. Wir fahren schweigsam bis zum Wirtshaus Plessenburg, jeder in Gedanken an den toten Wolf und mit einer unbändigen Wut auf den Täter.

*

Seit 1973 wird das Waldgasthaus Plessenburg in der zweiten und dritten Generation von einem Ehepaar, mit

»Lupus caritate«
© 2020 Klaus-Dieter Budde
klaus.dieter.budde@gmail.com

Herzlichkeit geführt. Die Plessenburg liegt mitten im Nationalpark Harz. Wir fahren auf den Parkplatz und atmen tief durch, bevor wir den Gastraum betreten. Die Wirtsleute haben uns erwartet. Ohne umfangreich über das Geschehene zu sprechen, begleitet uns der Wirt zum Fundort. Hier ist alles, wie er es vorgefunden hat.

«War denn die Polizei oder das Forstamt nicht hier?», frage ich den Wirt.

«Doch die waren schon hier, haben alles fotografiert. Wie ich ihnen sagte, dass Sie hier vorbeikommen. Haben die Polizeibeamten gesagt, dass das alles so bleiben soll. Bis Sie es sich angeschaut haben!», berichtet der Wirt.

«Die haben mit Ihnen diesen Wolfsjäger schon mal gesucht, erwähnte einer der Polizisten», fährt er fort. Ich verstehe die Vorgehensweise. Der Polizist gibt uns die Möglichkeit, ein Bild zu erlangen. Ich fotografiere die Szene, ergreife die Karte, die auf dem Wolf liegt, und lese:

Für Gottwald Defehrden-Tautorath,
  weitere Folgen.
  Sein Auftrag ist mein Antrieb!
  Sewolt Sausmikat

Das ist ein Schuldeingeständnis. Für Defehrden - Tautorath ist es das Finale aus, das ist klar. Wenn das hier an die Öffentlichkeit gelangt, darf er sich auf seinen Bauernhof zurückziehen und Kühe hüten.

Ich realisiere eine Großaufnahme von der Karte und sende per E-Mail alle Fotos an Ursula Richtich. Sie wird dafür sorgen das, die Bilder in die richtigen Hände gelangen. Eine Serie sende ich an meinen neuen Bekannten. Den Journalisten vom Tageblatt, mit einigen Anmerkungen versteht sich. Nachdem Essen, wir haben den Wirtsleuten die gut gemeinte Einladung nicht abgeschlagen, flanieren wir mit unseren Hunden Gassi im Park. Am frühen Nachmittag fahren wir weiter nach Tambach-Dietharz. Dem Stützpunkt für die Dog-Trekking-Touren.

*

Sewolt Sausmikat sitzt im kleinen Park gegenüber dem Rathaus. Gepflegt ist der nicht und die überdachte Bühne, ist mit Graffitis verunziert. Das passt so gar nicht in dieses idyllische Städtchen, findet er bei der Betrachtung seines Umfeldes. Sewolt hat heute wieder mit dem Rauchen angefangen, er kommt so mit dem Stress besser klar. Hier, wo sich ein paar Mütter mit ihren Kindern auf dem Spielplatz am oberen Rand des Parks aufhalten, erlaubt er sich in aller Ruhe den Nikotingenuss. Er ist mit sich im Reinen. Er hat den Wolf im Harz erwischt. Sewolt plant, eine Woche zu pausieren, um seine innere Ruhe zurückzugewinnen. Später schlägt er wieder zu. Gottwald wird enorm stolz auf ihn sein.

*

Wie wir vor unserer Unterkunft ankommen, sind die anderen Teilnehmer schon dort. Das sind Juliane, Sonja, Elvira und Ingrid. Sie sind dabei den geplanten Grillabend vorzubereiten. Siedend heiß fällt mir ein, dass ich den Auftrag angenommen hatte, die Grillwurst zu besorgen. Ich fahre nochmal los und werde bei einem Metzger im Nettomarkt fündig. Original Thüringer gibt es hier. Ich greife mir zehn grobe und zehn feine Bratwürste und ein paar Schweinenacken. Dazu einige Soßen und fertig ist der Einkauf.

117

»Lupus caritate«
© 2020 Klaus-Dieter Budde
klaus.dieter.budde@gmail.com

Peter und ich haben auf dem Grillabend einiges zu berichten. Trotz der traurigen Wolfsgeschichte ist es ein gelungener Abend. Wir schleichen alle früh zu Bett, denn am Morgen um acht Uhr startet unsere erste Etappe.

*

Gottwald Defehrden - Tautorath sitzt in seinem klobigen Schreibtischsessel, wie er einen Anruf aus Hannover erhält. Ein führendes Parteimitglied ruft an. Der Parteifreund informiert ihn, dass am nächsten Tag eine Pressekampagne gegen ihn gestartet wird. Der Parteifreund hat vorab durch einen bekannten Redakteur davon erfahren.

«Gottwald, ich bitte dich inständig, gib den Rücktritt von deinen Ämtern bekannt. Der Parteiaustritt ist unabdingbar! Bewahre dein Gesicht, bevor die Partei dich feuert!»

Der Parteifreund ist die letzte Warnung, das hat Gottwald Defehrden - Tautorath kapiert.

«Aber ich kann doch nichts für diesen verrückten Kerl! Habe den weder angestiftet, noch motiviert diese dämlichen Wölfe zu töten!», jammert er, um seine Pöstchen zu retten.

«Gottwald, sieh ein, jetzt ist Schluss! Du hast weder in der Partei noch in der Öffentlichkeit irgendeinen Rückhalt zu erwarten. Die machen dich morgen fertig! Versteh das doch!», drängt der Parteiobere.

Nach dem Gespräch ist Defehrden-Tautorath aufgebracht. Wie seine Angetraute die Tür öffnet, um Bescheid zu geben, dass das Abendessen fertig ist, schreit er sie lauthals an: «Lass mich in Ruhe!»

Nach einer Spanne der Wut und Empörung, folgt die Einsicht. Er setzt sich an den Schreibtisch und verfasst seinen Rücktritt. Trennt sich von allen Ämtern. Selbst den

»Lupus caritate«
© 2020 Klaus-Dieter Budde
klaus.dieter.budde@gmail.com

Parteiaustritt formuliert er fertig. Wie beide Niederschriften eingetütet sind, schreitet er zu seiner Gemahlin. Er umarmt sie fest, bittet um Entschuldigung und weint. Er hat sich verzockt mit diesen scheiß Wölfen! Das ist ihm klar, da hat er auf das falsche Pferd gesetzt.

*

Wir sind pünktlich gestartet, zuerst trekken wir entlang der «Spitter». Ein Mittelgebirgsbach im Nordwesten des mittleren Thüringer Waldes. Zunächst gehts bis zum Spitterfall. Der Spitterfall ist mit 19 Meter der höchste natürliche Wasserfall in Thüringen. Später steigen wir über steile kaskadenartige Anstiege empor bis zum Rennsteig. Einer der bekanntesten Wanderrouten im Thüringer Wald. Über diesen Weg wandern wir bis zum Bergsee Ebertswiese. Ausgepowert kehren wir im Berghotel Ebertswiese zu einer Brotzeit ein.

Das Berghotel liegt auf einer der schönsten Bergwiesen des Thüringer Waldes. Inmitten des Wander- und Naturschutzgebietes. Hier oben auf knapp 800m stört kein Autolärm. Die Luft ist rein und unverbraucht.

Die Mädels bestellen sich «Bananenweizen». Ich bleib lieber beim Radler, auch Peter gewinnt dem Getränk der Mädels trotz des hohen Obstanteils nichts ab und ordert sich ein Mineralwasser. Zum Essen gibt es Hirschbraten mit Rotkraut und Semmelknödel. Wir haben einen Tisch auf der Sonnenterrasse abbekommen und genießen die Pause.

Wie die zu Ende ist, trekken wir zurück über den Rennsteig bis zum Abzweig «Lutherweg». Auf diesem folgen wir dem Tambach bis zum Ausgangspunkt. Vierzehn Kilometer sind das. Für den ersten Tag ist das genug. Morgen wird es härter sein.

Nachdem ich geduscht habe, eile ich mit Hellmuth zum

119

»Lupus caritate«
© 2020 Klaus-Dieter Budde
klaus.dieter.budde@gmail.com

Gassi-Gang in den Park beim Rathaus. Hellmuth ist prima drauf, diese Trekkingtouren sind für ihn das reinste Geschenk. Hier tobt er mit seinen «Hundekumpels» herum und hat Spaß.

Wie wir durch den Park bummeln, kommen wir an einer Bank vorbei, auf der ein Mannsbild sitzt, der raucht. Wie wir näherkommen, habe ich das Gefühl, das ich den Herrn kenne. Höflich wie ich bin, Grüße ich. Der Herr grüßt freundlich zurück. Den habe ich schon mal gesehen, überlege ich. Da ich öfter in Tambach-Dietharz zur Weiterbildung an der «Zughundeschule Mitteldeutschland» bin, ist es möglich das, ich den Herrn schon mal erblickt habe. Hellmuth hat zwischenzeitlich seine Geschäfte erledigt. Nachdem ich diese entsorgt habe, begeben wir uns auf den Weg in unsere Unterkunft. Am Abend bestellen wir uns gemeinsam Pizza, als wir diese verspeist haben, ist Bettruhe angesagt.

*

Am nächsten Morgen, wir sind etwa eine Stunde unterwegs, machen wir an einem Düker eine kurze Rast. Die Hunde trinken Wasser und wir isotonische Getränke. Alle sind herzerfrischender Laune und lachen ausgelassen, wir haben Spaß. Es ist ein herrlicher Tag.

Ich schaue routinemäßig auf mein Mobiltelefon und stelle fest, dass ich eine WhatsApp von Ursula Richtich erhalten habe. Nachdem ich sie geöffnet habe, staune ich. Über das Netzwerk hat Ursula erfahren das hier bei uns, nahe eines bekannten Kletterfelsens Wölfe gesichtet wurden. So weit im Thüringer Wald, das ist neu. Ich schicke ihr ein Dankeschön und benachrichtigte die anderen, mit der Bitte ihre Hunde nicht mehr frei laufen zu lassen.

120

»Lupus caritate«
© 2020 Klaus-Dieter Budde
klaus.dieter.budde@gmail.com

Wir trekken weiter, steigen auf zum «Steinernen Tor», eine anspruchsvolle Etappe mit steilen Trampelpfaden. Dann geht es etwas moderater weiter, bis wir den Falkenstein erreichen. Der Falkenstein liegt südöstlich von Tambach-Dietharz im Schmalwassergrund und ist das bedeutendste Felsgebilde im Thüringer Wald. Er besteht aus Porphyr. Eine Talseite ragt 96 Meter empor. Durch die Hanglage fällt er trotzdem erst auf, wenn man direkt davorsteht. Durch die Höhenlage ist das Klima zudem eher montan.

Hier bei der Hütte der Bergwacht rasten wir. Unser Gastgeber hat uns angemeldet, so ist sichergestellt, dass die Berghütte besetzt ist. Es gibt Bockwurst mit Brot, dabei einen ordentlichen Kaffee und zum Abschluss ein alkoholfreies Weizenbier. Peter bleibt beim Wasser, die Mädels trinken Radler, denn Bananen gibt es hier nicht. Einer der «Bergwächter» hat es den Mädels angetan. Halt ein «Berg Bub» grinse ich.

«Hier hat man die Wölfe gesehen?», frage ich bei der Bergwacht nach und bekomme bereitwillig Auskunft.

Die haben hier kein Problem mit dem Wolf. Hier ist man erfreut, dass er hergefunden hat und hofft, dass er bleibt.

Die «Wolfssichtung» ist drei Tage her, da ist die Chance auf einen Kontakt für uns eher gering.

Wir folgen weiter unseren Weg zum zirka 800 Meter vom Falkenstein entfernten «Röllchen». Dem Höhepunkt der Tour.

Ein erwähnenswertes Naturschauspiel ist am «Röllchen», zu bestaunen. Dort schneidet sich ein kleiner Bach durch mitgeführten Gesteinsschutt in den harten Felsuntergrund hinein. Über jede Menge Kaskaden und Auskolkungen hinweg fällt das Wasser in die Tiefe und hat sich auf 100 Meter Länge

»Lupus caritate«
© 2020 Klaus-Dieter Budde
klaus.dieter.budde@gmail.com

eine Klamm geschaffen. Wir steigen die Klamm hinauf. Eine Herausforderung für Mensch und Hund. Der Untergrund ist glitschig, wir achten darauf, dass wir die richtigen Trittsteine erwischen. Schnell hat man sich hoffnungslos verstiegen und steigt zurück, um neu anzusetzen. Zudem stürzt uns das Wasser des Bachlaufes entgegen. Zum Ende hin, wird es stetig steiler. Oben angekommen lachen wir uns schlapp. Da ist ein Schild angebracht mit dem Hinweis: Das dieser Weg nicht für Kinderwagen und Rollstuhlfahrer geeignet ist. Typisch deutsch.

Außer Atem und erleichtert das «Röllchen» geschafft zu haben, trekken wir weiter und steigen den Berg wieder hinunter bis zu einer Schutzhütte bei der «Schmalwassertalsperre». Kurze Rast fordern die Mädels. Wie wir dasitzen und in lockerer Runde plaudern, grüßt uns ein Wandersmann. Die Mädels finden ihn zum Schreien, weil er einen monströsen Rucksack trägt.

Ich erkenne ihn wieder, das ist der Herr aus dem Park gestern Abend. Mir fällt nicht ein, woher ich ihn kenne. Ernsthaft darüber nachgedacht habe ich aber nicht. Wir treten den Rückweg an. Auf einem Höhenweg parallel zur Talsperre wandern wir zurück nach Tambach-Dietharz.

Wie wir ca. zwei Kilometer gewandert sind, hören wir einen Schuss. Nichts Ungewöhnliches in einem Wald. Wenn mir nicht in dem Moment eingefallen wäre, wer der Herr mit dem monströsen Rucksack vorhin war. Sewolt Sausmikat! Ich kenne ihn nur von Bildern, bin mir aber sicher, er ist es. Der Schuss ist von ihm, er jagt hier Wölfe.

Ich unterrichte die Gruppe. Wir beschließen, den Tiermörder zu suchen. Zuerst rennen wir zurück zur

Schutzhütte, dort angekommen teilen wir uns rasch auf. Peter eilt mit Elvira links vom «Röllchen». Ingrid mit Juliane rechts vom «Röllchen» und ich steig mit Sonja nochmal durch die Klamm. Auf diese Art haben wir eine Chance, ihn zu finden. Er hastet nach vorn weg, wir sind mit den Hunden im Zuggeschirr schneller und holen auf.

*

Sewolt Sausmikat hat am Morgen bei seiner Lektüre des örtlichen Anzeigers gelesen: dass man am «Falkenstein» einem hier allen bekannten Kletterfelsen, die ersten Wölfe gesichtet hat. Sofort begibt er sich auf den Weg, diese zu suchen. *Es ist wieder Zeit, sich zu zeigen,* denkt Sewolt. Nicht das er in Vergessenheit gerät.

Auf dem Weg zum Felsen begegnet er unzähligen Wanderern. Hier ist es nicht problemlos, unerkannt einen Wolf zu töten. Aber das Risiko reizt ihn. An einer Schutzhütte in unmittelbarer Nähe des Röllchens rastet eine Wandergruppe mit Hunden. Hier plant er, seinen Quadrokopter aktivieren. Er wandert erst mal bis zum Einstieg in die Klamm und wartet ab. Wie die Gruppe abgezogen ist, rennt er zurück zur Schutzhütte und aktiviert seinen Quadrokopter. Er überfliegt die Gegend, um den Wolf zu finden. Südlich des «Röllchens» gibt es ein belastbares Signal.

Aufgrund der Dichte der Baumkronen ist es schwer, Sichtkontakt mit dem Wolf zubekommen. Das Signal genügt ihm. Er holt das Fluggerät zurück, verstaut es wieder und nachdem er sein GPS-Gerät mit den aktuellen Daten gespeist hat, nähert er sich behutsam an. Der Wolf hat ihn gehört und bleibt zuerst unschlüssig stehen, um in aller Ruhe nach Westen abzudrehen. Sewolt repetiert seine Waffe und folgt

123

»Lupus caritate«
© 2020 Klaus-Dieter Budde
klaus.dieter.budde@gmail.com

dem Tier. Der Wolf ist darauf bedacht den Abstand hochzuhalten. Mit welcher Gelassenheit er agiert, ist bewundernswert. Das wird ihm über kurz oder lang nicht helfen. An einer unbewachsenen Steinplatte hat er freies Schussfeld. Sewolt legt an, wieder schließt er die Augen, um sich zu entspannen, er zieht den Abzug durch. Der Schuss verhallt in den Bergen, das Geschoss hat sein Ziel erreicht. Der Wolf ist tot. Sewolt hastet zu ihm und schneidet das rechte Ohr ab. Er legt eine Karte zu dem Wolf, das hat ihm letztes Mal gefallen, das behält er bei. Auf dem Rückweg ist er wieder entspannt. Er zündet sich eine Zigarette an und wandert in Richtung zu seinem Wagen. Er hat ihn auf einem Parkplatz an der Staumauer beim Wasserwerk abgestellt. In Gedanken an den getöteten Wolf steigt er einen Hang an der Rückseite zum «Röllchen» hinauf, überraschenderweise hört er unmittelbar vor sich Hundegebell. Er schleicht sofort in Deckung und versteckt sich hinter einer Rotbuche. Das Gebell kommt näher. Da sieht er sie, ein Mann und eine Frau hetzen, gezogen von ihren Hunden durch den Wald. Etwa 100 Meter entfernt von ihm, halten sie an. Sie lösen die Tiere aus dem Zuggeschirr und legen sie an eine lange Leine.

«Such, Hellmuth such!» Hört er und sieht, wie die Hunde anfangen, flächendeckend das Areal abzusuchen.

Sewolt wähnt sich in Gefahr und rennt kopflos davon. Dadurch werden die Hunde auf ihn aufmerksam und nehmen die Verfolgung auf. Sewolt hat panische Angst, ist das hier das Ende? Nein das auf keinen Fall, noch hat er was vor. Wie er merkt, dass die Verfolger näherkommen, entledigt er sich seines Gepäcks. Er wirft es ab und hetzt jetzt schneller davon. Sein Vorsprung ist angewachsen, so dass er etwas Tempo

»Lupus caritate«
© 2020 Klaus-Dieter Budde
klaus.dieter.budde@gmail.com

herausnimmt, da hört Sewolt von vorne links Hundegebell. Die haben ihn eingekesselt! Er ist gezwungen rasch eine Lösung zu finden. Sewolt hockt sich in eine Mulde und schaut auf seine Karte. Da hat er die rettende Idee. Der «Hasselbachstollen» hat das Potenzial ihn zu retten, er schleicht sich weiter vor. Sewolt gibt die ermittelten Koordinaten in sein GPS-Gerät ein und verschwindet in einer Diagonalen zu den beiden Verfolgern. Er wagt einen Durchbruch, um zum Stollen zu gelangen. Es klappt wie durch ein Wunder, er erreicht sein Ziel und versteckt sich dort im hintersten Eck. Er richtet sich auf einen längeren Aufenthalt ein.

*

Wir sind ohne etwas bemerkt zu haben durch die Klamm gestiegen. Oben hasten wir weiter durch den Wald, wir haben die Hunde im Zuggeschirr. Bei einem kurzen Orientierungshalt beschließen wir, sie an der Schleppleine zu führen, um das Areal vor uns abzusuchen. Hellmuth schlägt unmittelbar an, er hat etwas gesehen, wir folgen ihm.

«Such! Hellmuth, such!», ermuntere ich meinen Hund.

Hellmuth und Mailo, der Labrador von Sonja, suchen in der Fläche nach Spuren. Mit lautstarkem Gebell feuern sie sich gegenseitig an. Zuerst sieht es so aus, dass wir zielgerichtet einer Spur folgen. Da hebt Hellmuth die Nase in den Wind und hetzt unübersehbar einer neuen Spur nach. Peter und Elvira stoßen zu uns, ihre Hunde haben die gleiche Spur aufgenommen. Nach einer dreiviertel Stunde finden wir einen getöteten Wolf, ihm fehlt das rechte Ohr.

Sewolt Sausmikat hat wieder eine Nachricht hinterlassen, es ist derselbe Wortlaut wie beim letzten Mal im Harz. Mit meinem Mobiltelefon rufe ich die Bergwacht an.

125

»Lupus caritate«
© 2020 Klaus-Dieter Budde
klaus.dieter.budde@gmail.com

Ich gebe die Koordinaten der Fundstelle durch und bitte, dass man die Polizei darüber benachrichtigt. Wir warten. Ingrid und Juliane stoßen mit ihren Hunden zu uns. Ihre Hunde haben wie Hellmuth und Mailo die Wolfsspur verfolgt. Damit ist die Chance Sausmikat hier im Wald zu erwischen, um einiges gesunken.

*

Zuerst kommt dieser «Bergbub» von der Bergwacht, er ist schockiert über das, was sich hier abgespielt hat. Sein Partner führt die Polizei an den Fundort.

Ich stelle mich kurz vor und erkläre den Beamten, dass ich in dem Fall länger recherchiere. Ich bitte sie, um Weiteres zu erfahren, doch bitte in Stade bei der Polizei oder der Staatsanwaltschaft anzurufen. Ein junger Polizeibeamter meldet sich zu Wort: «Ich kenne den Fall, bin in einem Netzwerk darauf gestoßen und verfolge das schon über Monate im Netz!»

Sein Vorgesetzter lässt sich kurz von ihm Briefen, später kommt er zu uns und bedankt sich dafür, dass wir den Wolf nach dem Schuss gefunden haben.

«Wir haben den Schützen gesucht!», antworte ich.

«Dabei sind wir auf den Wolf gestoßen. Der Schütze ist hier in unmittelbarer Nähe!»

Der Polizeibeamte funkt mit seiner Einsatzleitung, die ordnet an den Wolfskadaver zu bergen und Spuren zu sichern. Von einer Suche nach Sewolt Sausmikat sieht man ab, da ja nicht erwiesen ist, dass dieser der Schütze war. Man verspricht mir, umgehend mit Stade Kontakt aufzunehmen.

Wir verabschiedeten uns. Sind überhaupt nicht zufrieden. Besser wäre es, jetzt nach dem Täter zu suchen. Auf der

126

»Lupus caritate«
© 2020 Klaus-Dieter Budde
klaus.dieter.budde@gmail.com

Rücktour spüren wir eine unbändige Wut in uns.

Bisher bekam die Gruppe die Informationen vom Wolfsmörder von mir und Peter. Jetzt wo jeder den toten geschändeten Wolf gesehen hat, ist der Gesprächsbedarf enorm und emotional. Die Zeit vergeht wie im Flug, nach zwei Stunden sind wir an unserer Unterkunft.

Am Abend sprechen wir lange über die Bedeutung der Wolfspopulation in Deutschland. Von Interesse ist das unterschiedliche Verhalten der Menschen. Im Norden jagt man die Tiere davon, oder tötet sie. Im Süden und Osten freut sich die Bevölkerung, dass die Wölfe ansiedeln.

Es ist schon paradox. Die Stimmungsmache der Politiker und der Medien, allen voran die Boulevardpresse, trägt das Übrige dazu bei. Seriös recherchierte Artikel haben keine Chance. Die interessieren niemanden. Ist die Meinung einmal manipuliert, werden sachliche Argumente gar nicht erst gelesen. Peter bringt es auf den Punkt: «Man ist gehalten diesen erfolgsgeilen Menschen wie Gottwald Defehrden - Tautorath das Handwerk zu legen! Immer wieder deren Verhalten anprangern. Solche Elemente nur bloßzustellen reicht da nicht!»

Peter ist erfahren mit machtgierigen Volksvertretern. Er hat sich in Bürgerinitiativen erfolgreich gegen solche Politiker gewehrt. Spät tappen wir zu Bett. Mit dem Einschlafen ist das heute Nacht so eine Sache.

*

Am nächsten Morgen packen wir die Koffer. Für unsere abschließende Tour fahren wir nach Eisenach. Vor dem Frühstück begeben wir uns auf eine Gassi-Runde mit unseren Hunden. Nach dem wie jeden Morgen ausgezeichnetem

»Lupus caritate«
© 2020 Klaus-Dieter Budde
klaus.dieter.budde@gmail.com

Frühstück, decken wir uns im hauseigenen Laden mit neuem Zughunde-Equipment ein. Zeitkritisch fahren wir über die B 88 bis Eisenach und auf der B 19 bis «Hohe Sonne».

Auf einem übersichtlichen Parkplatz stellen wir die Fahrzeuge ab. Das Wetter ist trocken, ideal um unsere letzte Etappe anzugehen.

Heute ist eine Rundtour von elf Kilometer angesagt. Wir steigen am Eingang zur «Drachenschlucht» ein. Die Schlucht liegt im Süden von Eisenach, zwischen dem südlichen Stadtrand und dem Forst Ort «Hohe Sonne» am Rennsteig.

Die Drachenschlucht bildet mit der östlich benachbarten Landgrafenschlucht und der aus dem Johannistal aufsteigenden Ludwigsklamm einen anspruchsvollen Rundkurs. Teilweise ist die Schlucht nur sechzig Zentimeter breit, ein Abenteuer für uns und unsere Hunde. Am Ende der Tour kehren wir in einem Imbissstand am Parkplatz ein und essen zu Mittag. Nach der Mittagsstunde verabschieden wir uns voneinander und fahren jeder in seiner Fahrgemeinschaft, getrennt nachhause. Unterwegs ruft mich der «Bergbub» an: Sie haben bei einer Nachsuche den Rucksack gefunden. Nun ist es klar, es war wieder Sausmikat.

*

Sewolt hat sich in der Nacht zum Auto durchgeschlagen, aber das Fahrzeug steht nicht mehr auf dem Parkplatz. Nach kurzer Überlegung schleicht er zu seinem Hotel. Er ist gezwungen abzuhauen, zu dicht sind sie ihm auf den Fersen.

Sewolt packt seine Sachen in einen alten Koffer und verschwindet, nach dem er geduscht und sich umgezogen hat, durch die Hintertür des Ochsen. Auf dem Parkplatz hinter einer Tankstelle am Ortsausgang stehen ein paar Fernzüge.

Hier versucht er sein Glück. Die ersten drei Fernfahrer lehnen eine Mitnahme ab, der dritte ein polnischer Kraftfahrer, lädt ihn zur Mitfahrt ein.

Der Fahrer erklärt ihm, dass er in Goslar bei einer Spedition einen Container abholt und später nach Swinemünde fährt. Sewolt Sausmikat holt bei der Tanke frische belegte Brötchen und Kaffee. Er lädt den Fahrer zum Frühstück auf der Bordsteinkante ein, fährt bis nach Polen mit.

»Lupus caritate«
© 2020 Klaus-Dieter Budde
klaus.dieter.budde@gmail.com

11. Kapitel Wo ist Sausmikat?

Eine Woche ist vergangen. Die letzte Information ist, dass man in dem geborgenen Rucksack ein Gewehr der Marke Mercury, gefunden hat. Selbst der zerlegte Quadrokopter mit einer ausgezeichneten technischen Ausstattung ist im Gepäck. Zu unserer Überraschung ist ein Signal-Finder, der die Wolfssignale ortet dabei. Die Pistole CZ 75 Compact Kaliber 9 mm Luger ist nicht dabei.

Damit ist klar, Sewolt Sausmikat ist bewaffnet. Wo, der Wolfskiller abgeblieben ist, ist nicht mehr zu ermitteln. Für mich ist es unverständlich, dass Sewolt seinen neuen alten Lada in Wernigerode angemeldet hat. Mit einem Sperrvermerk in der Datei des Verkehrsamtes wäre das aufgefallen. Hier hat der Beamte in Hannover, der die Bergung des alten Fahrzeugs geleitet hat, gewaltig geschlafen. Es heißt abzuwarten, bis Sausmikat sich wieder bewegt.

Die Netzwerker der Gruppe «Lupus caritate» sind weiterhin mit Euphorie dabei. Das Netzwerk wächst derzeit täglich. Tamara, die inzwischen eine geräumige Wohnung in der Innenstadt für sich und Uwe gefunden hat, ist wieder im Arbeitsmodus. Obwohl so absolut ist sie nicht bei der Sache. Sie kümmert sie parallel um den Umzug und die Ausstattung der Wohnstatt. Wenn Uwe aus der Reha kommt, plant sie, fertig zu sein.

*

Am Morgen, ich sitze wieder in der Mandantensitzgruppe bei der Lektüre der Tageszeitungen, wie ich auf folgenden Artikel in einer Boulevardzeitung stoße: «Was blüht uns noch im Wolfsrevier?» Gezeigt wird ein Wolf, der mit einem Heidschnucken Kopf im Maul, durch sein Revier läuft. Auffällig

»Lupus caritate«
© 2020 Klaus-Dieter Budde
klaus.dieter.budde@gmail.com

zufällig war ein motivierter Fotojournalist vor Ort, der seinen Namen nicht preisgibt, er hat diese Szene fotografisch festgehalten. Mein erster Gedanke ist, der hat den Wolf doch mit dem Kopf geködert. Aber sowas macht ein seriöser Fotograf doch nicht, denke ich weiter. Andererseits, er gibt ja seinen Namen nicht preis. In dem Artikel wird, wie in dieser Zeitung üblich, auf den Wolf eingeschlagen.

... Seit 2008 sind rund 500 Attacken, in denen Schafe, Rehe, Rinder oder Schnucken gerissen wurden, registriert. Dabei kamen 670 Tiere zu Tode. In 236 Fällen wurde der Wolf definitiv als Täter ermittelt.

Ich habe das nachgerechnet, wir haben in Deutschland einen Bestand von ca. 12,4 Millionen Rinder, 1,6 Millionen Schafe und mehr wie 2 Millionen Rehe, das macht gesamt 16 Millionen Tiere. Der Wolf hat davon, gem. der Boulevardzeitung, bewiesen 236 Tiere gerissen. Zeitgleich sind in einer «Jagdsaison» in Deutschland über eine Million Rehe abgeschossen worden. Weitere 214.483 wurden als Fallwild aufgefunden, vornehmlich Opfer des Straßenverkehrs. Es kommt kein Mensch auf die Idee, die Jäger einzusperren oder die Fahrzeuge zu verbieten, was der Statistik nach, doch naheliegend ist.

Die Medien, das beweisen die Zahlen. Puschen das Thema für ihre Auflagenquote oft hoch. In diesem Fall mit einem unlauteren Foto. Aber genug gerechnet, ich habe meinen Auftrag diesen Wolfsmörder Sewolt Sausmikat zu finden. Ich fahre zu seiner Exfrau. Mit Chance hat sie ja eine Idee, wo er abgeblieben ist.

Die Ex von Sewolt Sausmikat öffnet freundlich lächelnd die Tür: «Kommen Sie herein Herr Kühl!», sagt sie und schreitet

»Lupus caritate«
© 2020 Klaus-Dieter Budde
klaus.dieter.budde@gmail.com

voran in das geräumige Wohnzimmer.

Ich setze mich in den angebotenen Designer Sessel, der bequemer aussieht, wie er ist.

Die Frau hat sich verändert, sie ist aufgeschlossen und offen für meine Fragen. Das war mal anders. Ich befrage sie nach Sewolt's Lieblingsplätzen, Urlaubsorte, Verwandtschaft, Freunde und Bekannte. Alles, was sie mir erzählt, schreibe ich auf. Es ist nicht so Erfolg versprechend.

Sein Lieblingsort ist der Wald. Im Urlaub waren sie schon lange nicht mehr. Familie hat er nicht und seine Freunde oder Arbeitskollegen haben sich von ihm abgewandt.

Im Grunde ist Sewolt Sausmikat ein armes Schwein. Ich trinke meinen Kaffee aus, bedanke mich für die Offenheit und verabschiede mich. Diese Wolfstötungen sind das Einzige, was Sausmikat hat, daher wird er nicht davon ablassen, da bin ich mir sicher.

*

Am Nachmittag telefoniere ich einen Psychologen nach dem andern an. Keiner hat kurzfristig Zeit, um mit mir über die Psyche von Sausmikat zu sprechen. Da fällt mir Oberfeldarzt Dr. Dr. Hombach ein. Der alte Militärpsychologe lebt im Ruhestand. Ich beauftrage Tamara, den alten Recken aufzuspüren und mich sofort zu benachrichtigen, wenn sie ihn erreicht.

Unvermittelt steht Ursula Richtich in der Tür. Sie lädt Tamara und mich ins Altstadt-Café ein, um wie sie sagt, Neuigkeiten zu besprechen. Wir zeigen uns spontan und bummeln mit Ursula hinüber ins Café. Da wir drei bisher nichts zu Mittag hatten, bestellen wir uns jeder ein Tellergericht und ein Alsterwasser.

»Lupus caritate«
© 2020 Klaus-Dieter Budde
klaus.dieter.budde@gmail.com

Das Essen ist wie immer ausgezeichnet. Wir beachten das nicht so, denn was Ursula berichtet, ist überaus informativ.

«Wir haben über das Netzwerk von einer Gruppe in Schmalkalden die Information bekommen, das Sewolt Sausmikat derweil mit einem Polnischen Lkw, Tambach-Dietharz verlassen hat. Diese Aussage haben gleich drei Trucker bestätigt! Die seine Mitnahme verweigert haben.»

Sausmikat hat Tambach-Dietharz verlassen, in welche Richtung? Er kann theoretisch überall sein. Die Wahrscheinlichkeit das es der Norden ist, war auf Grund dessen, dass es ein polnischer Lkw ist, der ihn mitnahm, auf jeden Fall hoch.

Er wildert weiter, wann und wo Sewolt Sausmikat den Wölfen nachjagt, ist sein Geheimnis. Das ist nicht befriedigend, aber er bewegt sich wieder. Wir kommen nicht umhin aufmerksam zu sein und auf seine Fehler achtzugeben. Wir sprechen darüber, dass wir das Netzwerk mehr nach Nordosten ausrichten. Denn ich vermute das, Sausmikat sich hier in Niedersachsen oder in Mecklenburg-Vorpommern zeigen wird. Tamara und ich verabschieden uns von Ursula Richtich und bummeln wieder hinüber in die Detektei.

Ich widmete mich meiner Wolfslektüre und Tamara versucht, diesen Psychologen zu erreichen. Mit Spannung lese ich das Buch «Der mit dem Wolf lebt» von Shaun Ellis, eine herrliche Geschichte, die ich seit Tagen nicht aus der Hand lege.

«Bingo!», höre ich Tamara rufen.

«Ich habe den Psychologen erreicht, er erinnert sich gut an eure Bekanntschaft. Ihr wart zusammen in Dänemark auf

133

»Lupus caritate«
© 2020 Klaus-Dieter Budde
klaus.dieter.budde@gmail.com

einem Großmanöver im Einsatz. Soll ja feucht fröhlich abgegangen sein das Manöver. Der Doktor wohnt in Buxtehude und kommt morgen um elf Uhr vorbei!», schildert sie mir ihren Erfolg.

«Super! Endlich kommen wir weiter, jetzt ist Schluss für heute, haben genug gearbeitet», sage ich zu Tamara.

Diese freut sich, denn mit der Ausstattung der Wohnung kommt sie nicht so voran, wie sie sich das vorstellt, da kommt ihr der frühe Feierabend gelegen.

*

Gegen 11:00 Uhr trifft der alte Doc, so nannten wir ihn schon in jener Zeit, in der Detektei ein. Wir begrüßen uns gegenseitig im Überschwang. Sieben Jahre haben wir uns nicht gesehen. Das letzte Mal war auf einem «Bergfest», bei dem wir zusammen auf den Tischen einer dänischen Kneipe tanzten. Wir sind derzeit alle achtkantig rausgeflogen. Dass das kein Nachspiel hatte, hatten wir unserem alten Doc zu verdanken, denn der verstand sich ausgezeichnet mit dem Kommandeur.

«Da haste dir ja deinen Traum verwirklicht!», ruft er und zeigt in die Runde.

«Ja, das war ein hartes Stück Arbeit, aber jetzt läuft der Laden! Nach einer spektakulären Mordaufklärung, rennen mir die Kunden die Bude ein», erkläre ich ihm.

«Was ist das für ein Problem, was so eilig ist?», fragt er. Ich schildere den Sachverhalt mit allen Details. Erkläre ihm meine Einschätzung der Sache und bitte um eine Expertise über den Gemütszustand von Sewolt Sausmikat.

«Denkbar, dass ich mit seiner Exfrau und mit diesem Politiker sprechen muss, das würde helfen», bittet er um

134

»Lupus caritate«
© 2020 Klaus-Dieter Budde
klaus.dieter.budde@gmail.com

Zuarbeit.

«Die Exfrau ist gewiss bereit, mit dir zu sprechen. Dieser Politiker, das ist ein Problem, ich versuche es trotzdem!», sage ich zu.

Der Doc quartiert sich bei Tamara mit ins Büro ein, dort steht ein zweiter Schreibtisch, den ich im vorauseilenden Gehorsam für Uwe besorgt habe. Das ist mir Recht, so haben wir kurze Wege und ich wirke bedarfsorientiert bei der Entwicklung der Expertise vor Ort mit.

*

Sewolt Sausmikat und Igor sein polnischer Fahrer verstehen sich mit zunehmender Tour immer schlechter. Sewolt stellt für sich fest, dass die gemeinsame Fahrt bald zu Ende ist. An einem Rastplatz an der A24, Höhe Neustadt-Glewe verabschiedet er sich von Igor. Sewolt stakst zu Fuß mit seinem alten Koffer zur nächsten Landstraße und trampt bis Parchim.

Parchim ist die Kreisstadt des Landkreises Ludwigslust-Parchim in Mecklenburg-Vorpommern, ca. 40 km von der Landeshauptstadt Schwerin entfernt. Sewolt braucht dringend Geld und einen fahrbaren Untersatz. Er lungert den ganzen Vormittag im Ortskern herum. Am Moltkeplatz findet er, was er sucht. Eine Bank! Die Sparkasse Parchim-Lübz unweit vom Stadtpark gelegen.

Auf dem Parkplatz der Asklepios-Klinik besorgt er sich einen alten 5er BMW. Bei diesem Modell manipuliert er die Zentralverriegelung, indem er mit einem Tennisball in dem ein Loch ist, auf das Schloss schlägt. Durch diesen Überdruck öffnet sich die Tür. Kennzeichen, entwendet er in der Friedhofstraße an einem Rostocker Pkw und begibt sich auf

135

»Lupus caritate«
© 2020 Klaus-Dieter Budde
klaus.dieter.budde@gmail.com

den Weg zur Sparkasse. Sewolt lauert so lange im Umkreis des Geldinstituts herum, bis sich nur ein Kunde am Schalterraum aufhält. Dann schlägt er zu. Mit einer heruntergezogenen Pudelmütze, in die er zwei Löcher geschnitten hat, stürmt er in die Sparkasse.

«Hände nach oben! Keiner bewegt sich!», ruft er lauter wie gewollt.

Er drückt den Kunden in den Schwitzkasten und hält ihm die Pistole an den Kopf. Sewolt weist den Kassierer an, alles Geld in einen mitgebrachten Beutel zu packen.

«Beeilen Sie sich, ich habe einen nervösen Finger am Abzug!», drängt er den Banker zur Eile.

Dieser handelt wie geheißen und beeilt sich das Geld, einzupacken. Nach zwei Minuten ist Sewolt wieder draußen. Er bewegt sich zuerst in die entgegengesetzte Richtung zum Park. Später gelangt er, in einem weiten Bogen um den Park, zu seinem neuen Fahrzeug. Er steigt ein und fährt zum Bahnhof. In der Bahnhofsgaststätte isst er zu Mittag. Seelenruhig beobachtet er das Bahnhofsumfeld. Hier kommt keinerlei Polizei vorbei. Gegen Abend fährt Sewolt unbehelligt mit Ziel Greifswalder Bodden davon.

*

Stundenlang sitzen der alte Doc und ich zusammen. Versuchen, mit dem vorhandenen Wissen über Sausmikat, herauszufinden warum er von einem Jäger und Heger, der er von ganzem Herzen war, zu einem bestialischen Wolfstöter wurde. Die Exfrau hat der Doc befragt. Sie war sofort einverstanden, wie sie hört, um was es sich handelt. Sie hat das Bedürfnis, ihrem Ex zu helfen. Selbst wenn der Doc mit einer Expertise den Geisteszustand ihres Mannes infrage stellt.

136

»Lupus caritate«
© 2020 Klaus-Dieter Budde
klaus.dieter.budde@gmail.com

Gottwald Defehrden - Tautorath ziert sich. Er ist mucksch, weil ich ihm die Tour mit der Pressekonferenz vermasselt habe. Nein, hat er aber nicht gesagt. Bei unserem letzten Telefonat bat ich ihn, die Auseinandersetzung sportlich zu sehen. Das lehnte er ab.

*

In seiner Kindheit ist Sewolt behütet aufgewachsen. Schulisch hat er sein Abitur mit Ach und Krach geschafft. Die Ausbildung zum Chemiefacharbeiter verläuft unproblematisch. Da ist im Ergebnis die gescheiterte Ehe und oder seine folgende Trunksucht der Auslöser für das Umdenken. Unverkennbar war die Stimmungsmache von Defehrden - Tautorath die Initiale in Richtung Wolf. Es könnten Kinder, Hunde oder alles andere sein. Von daher hat der Norden Glück, dass es ihn in die Richtung zu den Wölfen treibt. Da aber das Gespräch mit Defehrden - Tautorath aussteht, legt der alte Doc sich nicht fest.

«Die Abnahme der Waffen-Lizenz ist potenziell der Auslöser. Der Lokalpolitiker, dieser Gottwald hat ihm dann nur die Richtung gewiesen. Bewusst oder unbewusst sei einmal dahingestellt», erklärt mir der Psychologe.

Ich versuche es nochmal bei Gottwald Defehrden - Tautorath. Bin heute persönlich zu ihm gefahren. Seine angetraute Ehefrau öffnet die Tür, ich nenne ihr mein Anliegen und bitte darum, den Politiker zu sprechen.

«Das ist kein Problem Herr Kühl. Wir haben soeben darüber gesprochen. Wir sind der Meinung, dass wir alles tun, was diese Wolfstötungen stoppt!», sagt sie zu meinem Erstaunen.

Da kommt der Herr des Hauses, ich lade beide ein, zu mir

»Lupus caritate«
© 2020 Klaus-Dieter Budde
klaus.dieter.budde@gmail.com

in die Detektei zu kommen, um mit dem Psychologen zu sprechen. Sie sagen zu und fahren mir hinterher nach Stade.

Der alte Doc ist recht erstaunt, wie ich mit beiden die Detektei betrete. Wir setzen uns in die Mandantensitzgruppe und sprechen bis spät in die Nacht über Sewolt Sausmikat. Seinen Kummer, die Ehe und die hohe Arbeitsbelastung durch die Schichtarbeit.

*

Das Telefon klingelt, so spät? Wer ruft jetzt an? Überlege ich und ergreife den Hörer.

«Hier ist Ursula Richtich, ich habe gehofft, dass sie dort sind! Ich habe soeben über Twitter eine Nachricht von einer polnischen Tierschutzgruppe erhalten, die sich „Przyjaciele Wîlfe" nennt, das heißt, Freunde der Wölfe», berichtet sie.

«Die sind sicher das, Sausmikat sich am Greifswalder Bodden herumtreibt. Sie haben ihn verfolgt, aber Sausmikat hat sie bemerkt und ist abgehauen», berichtet sie weiter.

Ich bedanke mich für die Information und verspreche ihr, heute Nacht dort hinzufahren. Tamara schreibe ich einen Zweizeiler, dass ich mich in Greifswald befinde. Den alten Doc briefe ich vor Ort, er verabschiedet sich soeben nachhause.

«Na dann angenehme Fahrt!», sagt er trocken und schreitet in die Nacht hinaus.

Ich schnappe mir Hellmuth und den «Notkoffer», den ich für solche Fälle im Büro stehen habe. Dann haste ich zum Hafen, wo ich meinen neuen Wagen, einen Maserati Levante aus Italien, geparkt habe. Hellmuth kommt in seine neue maßgefertigte Box von einem versierten Hersteller aus Berlin. Ich steige ein und bin hin und weg. Welch herrliches Interieur. Europa Hotel Greifswald, Hans-Beimler-Straße 1-3, gebe

»Lupus caritate«
© 2020 Klaus-Dieter Budde
klaus.dieter.budde@gmail.com

ich in mein Navigationsgerät ein und fahre ab. Hellmuth ist nicht angetan von der Idee, mitten in der Nacht loszufahren. Mal knurrt er, mal höre ich leises Gejaule. Nach fünfzehn Minuten schnarcht er zufrieden vor sich hin.

Levante ist ein lauer mediterraner Luftstrom. Der von einem sanften Hauch unversehens zu einem heftigen Sturm anschwillt. Damit beschreibt der Name den Charakter meines neuen SUV von Maserati. Die 295/45 ZR19 Reifen krallen sich in den Asphalt, wie ich auf dem kurzen Autobahnabschnitt von Stade nach Jork beschleunige. Ein famoses Auto habe ich mir da gegönnt. Das ist mit der alten Tuareg nicht zu vergleichen. VW hat selbst schuld! Obwohl mir das neue Tuareg-Modell gefällt, habe ich mich für den beachtlich teureren Maserati entschieden. Die Sache mit der Betrugssoftware in meinem alten SUV, gab da den Ausschlag. Das Vertrauen ist dahin!

*

Drei Stunden und zwanzig Minuten, da stehe ich vor dem Hotel, ohne Stau. Ich blinzele in die Morgensonne und reibe mir die Augen. Hellmuth meldet sich von hinten und ich beschließe, erst die Gassirunde mit ihm zu laufen.

Wir spazieren durch das übersichtliche Zentrum von Greifswald bis zum Bahnhof und auf Umwegen wieder zurück. Unterwegs kaufe ich mir an einem Kiosk die Ostseezeitung und schreite ins Hotel. Ich habe auf dem Herweg ein Doppelzimmer gebucht. Der Portier zeigt mir, nach jovialer Begrüßung das Zimmer und wünscht mir einen ausgezeichneten Aufenthalt in seiner Heimatstadt. Nach langer heißer Dusche lege ich mich schlafen, ich habe da was nachzuholen. Dem «Weckdienst» des Hotels bitte ich, mich um 09:00 Uhr zu wecken. Da gibt es Frühstück. Um 12:00 Uhr

»Lupus caritate«
© 2020 Klaus-Dieter Budde
klaus.dieter.budde@gmail.com

hat Ursula ein Treffen mit den polnischen Netzwerkern vereinbart.

*

Sewolt Sausmikat wird schon in Tambach-Dietharz auf den Greifswalder Bodden aufmerksam. Dort hat er, wie er im Internet nach besenderten Wölfen suchte, erfahren das hier Wölfe aus Polen, wie es aussieht, grenzüberschreitend tätig sind.

Da er keinen Laptop mehr besitzt, begibt er sich am Morgen zuerst in einen Elektronikhandel in Greifswald. Er besorgt sich ein Notebook und die dazugehörige Software. Darauf fährt er zurück nach Kemnitz einem kleinen Ort in der Nähe. Hier ist er in einem anspruchslosen Ferienzimmer in der Dorfstraße untergekommen.

Zuerst installiert er seine Software und erweckt das Notebook zum Leben. Später sucht er in einschlägigen Foren nach den Wölfen am Bodden. Es dauert nicht lange und er hat, was er sucht. In seiner Nähe in einem mittleren Waldgebiet hat man in der letzten Zeit wieder Wölfe gesehen.

Sewolt fährt nochmal nach Greifswald und besorgt sich eine Wanderkarte von diesem Wald. Es handelt sich um den Karbower Wald und den Naturwald Busdorf. Er fährt hin, um die Gegend zu erkunden. Sewolt parkt seinen Wagen auf dem Parkplatz der Wassermühle Hanshagen, am Hanshagener Bach. Von hier aus huscht er zu Fuß in den Wald. Da er seinen geliebten Quadrokopter nicht mehr hat, plant Sewolt, sich so ein Bild zu generieren, um besser einzuschätzen, wo hier der Wolf sein Revier hat. Nach geraumer Zeit findet er erste Spuren, die nicht alt sind. Hier kommen die Wölfe oft vorüber, das liest er mit seinem Jägerwissen aus den Spuren heraus.

140

»Lupus caritate«
© 2020 Klaus-Dieter Budde
klaus.dieter.budde@gmail.com

Sewolt markiert sich den Ort auf der Karte und wandert zurück zum Fahrzeug.

Auf dem Parkplatz stehen ein paar junge Polen bei ihrem Wagen und schauen herüber. Sewolt grüßt durch ein kurzes Kopfnicken stumm hinüber, setzte sich in seinen BMW und fährt los.

Im Rückspiegel erkennt er, dass die jungen Polen es jetzt eilig haben in ihr Fahrzeug zu steigen, um ihm rasch zu folgen. Sewolt hat das Gefühl, das die ihn meinen und die Verfolgung aufnehmen. Er fährt schneller und biegt hier und da wahllos mal rechts mal links ab. Die Polen bleiben dran. Wie Sewolt nicht mehr weiß, wie er sie loswird, kommt ihm ein Müllfahrzeug zugute, das rückwärts aus einer Seitenstraße herausfährt.

Er fährt hollywoodreif mit lärmender Hupe knapp hinter dem Müllwagen durch. Für die Verfolger reicht es nicht mehr. Das war Knapp. Sewolt fährt bei Diedrichshagen in den Wald und stellt seinen BMW so ab, dass man ihn nicht von der Straße aus sieht. Warum haben die ihn verfolgt? Die haben es auf meinen BMW abgesehen! Mutmaßt er. Sewolt steigt aus und spaziert, um sich zu beruhigen, ein Stückchen durch den Wald. Nach kurzer Wegstrecke kommt er an einem Forsthaus vorbei, er schaut sich alles genau an. Hier wird er nochmal vorbeikommen, da ist er sicher.

Etwas später steigt er wieder in sein Fahrzeug und fährt zu seinem Ferienzimmer nach Kemnitz.

*

Ich habe opulent gefrühstückt und bin in positiver Stimmung, wie ich mit Hellmuth im schlepp, zum verabredeten Treffpunkt schlendere. An dem ich die Aktivisten

»Lupus caritate«
© 2020 Klaus-Dieter Budde
klaus.dieter.budde@gmail.com

aus Polen treffe.

«Dzień dobry, Sie sind Herr Kühl?», spricht mich ein junger Mann an.

«Dzień dobry!», erwidere ich den Gruß.

«Ja ich bin Bernd Kühl der Privatdetektiv!», stelle ich mich vor.

Wir kommen gleich ins Gespräch, die Jungen Polen sprechen ein blendendes Deutsch. Sie sind sich absolut sicher, dass es Sausmikat ist, den sie sahen. Ich steige zu ihnen in den Wagen und sie fahren mich zu dem Ort, wo sie ihn ausgemacht haben. Den Ort, wo er entwischte, zeigen sie mir später.

Die Aktivisten sind mit einem GPS-Signal-Finder in der Gegend, um ein Rudel Wölfe zu Orten, die sich hin und wieder über die deutsch-polnische Grenze bewegt.

«Dabei haben wir ihn gesehen! Hundertprozentig!»

Die anderen bestätigten die abschließende Aussage mit einem zustimmenden Kopfnicken. Die Aktivisten haben mich überzeugt. Ich glaube ihnen, das passt hier alles zusammen. Ich lade die drei Studenten zum Mittagessen ein. Was sie aufrichtig freut. Denn Studierende haben wenig Geld zur Verfügung. Nach dem Essen verabschieden wir uns voneinander und versprechen uns, in Kontakt zu bleiben.

Nette Menschen, die mit beiden Beinen im Leben stehen und genau wissen, was angemessen ist. Das findet man in der heutigen Zeit wenig.

*

Tamara recherchiert im Internet. Sie findet dabei eher zufällig einen Artikel über einen Banküberfall in Parchim. Der Bankräuber ist, bevor er die Bank betrat von einer

»Lupus caritate«
© 2020 Klaus-Dieter Budde
klaus.dieter.budde@gmail.com

Außenkamera gefilmt worden. *Der sieht doch aus wie Sewolt Sausmikat!* Denkt sie und druckt das Bild aus. Sie ruft, wie sie sich hundertprozentig sicher ist, zuerst bei der Polizei in Parchim an und später ihren Chef. Der ist gar nicht begeistert, denn Sausmikat verfügt wieder über Bares und ist damit flexibel in seinem Verhalten. Die Polizei bedankt sich für den Tipp und nimmt umgehend Kontakt mit der Polizei in Stade auf.

»Lupus caritate«
© 2020 Klaus-Dieter Budde
klaus.dieter.budde@gmail.com

12. Kapitel Am Bodden stirbt der nächste Wolf.

Sewolt Sausmikat fährt am späten Abend wieder mit seinem BMW in die Nähe der zuvor ausbaldowerten Försterei. Er parkt das Fahrzeug unter einer dichten Tanne. Im Folgenden schleicht er sich bis an den Zaun und beobachtet aus einem Versteck heraus das Geschehen in der Försterei.

Der Förster ist ein alleinstehender Herr, um die sechzig, der gemütlich beim Abendbrot sitzt. Da klingelt das Telefon, so beobachtet Sewolt. Der alte Förster telefoniert kurz, daraufhin schlurft er in ein Nebenzimmer und kommt mit einem Jagdgewehr zurück. Er schiebt sich einen letzten Bissen in den Mund und verlässt eilig das Haus. Geringfügig später fährt er mit einem Geländewagen vom Hof.

Sewolt schaltet sofort. Er springt über den Zaun, schlägt mit einem Stein eine Fensterscheibe ein und schaut sich im Haus um. Das Forsthaus ist hell beleuchtet, der Waidmann hatte das Licht angelassen. Rasch findet Sewolt, wonach er sucht. Der Waffenschrank ist verschlossen, das ist aber kein Problem für den Wolfstöter. Er knackt ihn in kurzer Zeit. Sausmikat wählt zwei Gewehre mit den dazugehörigen Optiken aus. Bricht den separaten Munitionsschrank auf und entnimmt zwei Packungen Patronen. Ohne das Licht zu löschen, verlässt er das Haus auf dem gleichen Weg, den er hergekommen ist. Am Auto verlädt er, nachdem er die Waffen in eine Decke gewickelt hat, das Diebesgut in den Kofferraum und fährt grinsend davon. Das lief ja ab wie Schmitz Katze, urteilt er und fährt zurück nach Kemnitz.

In seiner Unterkunft zieht er die Vorhänge vor und zerlegt die erbeuteten Waffen. Sewolt reinigt sie. Wenn es darauf ankommt, ist es erforderlich, dass sie zuverlässig

144

»Lupus caritate«
© 2020 Klaus-Dieter Budde
klaus.dieter.budde@gmail.com

funktionieren.

*

Ich sitze am Fenster im Restaurant des Hotels und suche auf der Speisenkarte nach einem ortsüblichen Gericht. Ich entscheide mich für, Zanderfilet auf einem Meeralgenspiegel mit Herzoginnenkartoffeln und einer Honig-Senf-Soße. Das ist nicht regional, hört sich aber bemerkenswert an. Dazu wähle ich einen trocknen Weißwein von der Nahe.

Dass der Sausmikat eine Bank überfallen hat, lässt mich den ganzen Abend nicht los. Das ist wieder eine Progression in seiner Gangsterlaufbahn. Raubüberfall! Das wird hart bestraft, da kann er sich drauf verlassen. Hoffentlich aktiviert man die Sonderkommission wieder, ist einer meiner Gedanken. Sausmikat hat wieder Geld und schlüpft, vermute ich, in Hotels oder Pensionen unter. Er ist in der Lage sich wieder Waffen zu besorgen. Sei es hier in Greifswald oder in Polen. Es ist ja nicht weit zur Grenze. Alles in allem plant er wieder was, hier in Greifswald, da bin ich mir nach Abwägung der Ereignisse sicher.

Das Essen kommt, es ist übersichtlich und schmeckt speziell. Der Zander ist exzellent gegart, die Herzoginnenkartoffeln eher aufgewärmt, aber sonst lecker. Nach dem Essen vertrete ich mir mit Hellmuth die Beine, dabei kommen wir an einer Currywurstbude vorbei.

Da ich weiterhin Appetit habe, besorge ich mir gleich zwei dieser herrlichen Würste. Da weiß man, was auf dem Teller ist. So gesättigt schlafe ich, nachdem ich zurück im Hotel bin, zügig ein.

*

Mitternacht, Sewolt Sausmikat hat den Wagen ordentlich

145

versteckt und arbeitet sich an den am Vortag erkundeten Wildwechsel vor. Hier hat er viele Spuren der Wölfe gesehen. Sewolt sucht sich ein Versteck, kauert sich nieder und wartet. Er hat sich warm angezogen, rechnet erst am frühen Morgen mit den Raubtieren.

Sausmikat sinniert über sein Leben und was, da alles falschgelaufen ist. *Die Heirat war vorschnell, man hat sich gar nicht so optimal gekannt. Wie ihm das nach relativ kurzer Zeit klar wurde, war er so in die Familie seiner Frau etabliert, dass es kein Zurück mehr gab. Mit der Jägerei und dem Schichtdienst wich er allen Problemen aus. Erst wie seine Frau anfing, Forderungen zu stellen, begann er zu trinken. Das war mein größter Fehler,* denkt Sewolt. Drei Jahre hat es gedauert, bis er davon wieder abkam. Etwas Positives hatte diese Grübelei, sie hält ihn wach.

So vernimmt er erste leise Schnüffelgeräusche, bevor die Sonne aufgeht. Eine Bache mit ihren Frischlingen trottet nahe vorbei. Er sieht sie schemenhaft im Mondlicht. Jetzt ist er aufnahmebereit, um diese Zeit erwacht der Wald. Erste Vögel begrüßen mit ihrem Gesang den Tag. Ein Specht arbeitet sich an einem alten Erlenstamm ab und die Nachtaktiven, wie Mäuse, Marder, Iltis und Co, suchen sich ihre Verstecke für den Tag. In der Übergangsphase von der Nacht zum Tag, ziehen kleine Dunstschwaden durch den Wald und lassen ihn gespenstisch erscheinen. Die ersten Sonnenstrahlen verzerren das Bild. *Wie ein Feen-Wald,* Sewolt denkt unweigerlich an seine Kindheit.

Da erblickt er sie, vier Wölfe trotten auf dem Wildwechsel entlang, sie kommen direkt auf ihn zu. Sewolt hebt das Gewehr langsam in den Anschlag. Zieht die Kappen von der

»Lupus caritate«
© 2020 Klaus-Dieter Budde
klaus.dieter.budde@gmail.com

Optik und visiert den letzten Wolf in der Reihe an. Er schließt die Augen einen kurzen Moment, um sich zu sortieren. Dann zieht er den Abzug durch. Der Schuss verhallt im nebelverhangenen Wald. Die Wölfe preschen auseinander, der letzte in der Reihe bleibt für ewig am Waldboden liegen. Urplötzlich ist Ruhe im Wald, kein Tier ist zu hören, alle sind wie erstarrt. Sewolt hastet zu «seinem» Wolf, schneidet ihm das rechte Ohr mit einer schnellen Bewegung ab und verlässt eilig den Tatort.

Auf Umwegen gelangt er unbehelligt zum BMW. Verpackt die Waffe und fährt in die Stadt zum Frühstück. Das hat er sich verdient.

*

Fünf Uhr mein Mobiltelefon reißt mich mit einem Radetzkymarsch aus dem Schlaf. Ich melde mich, verschlafen wie ich bin. Am anderen Ende ist einer der polnischen Netzwerker. Er berichtet, dass er einen Schuss im Karbower Wald gehört hat und vermutet, da er dort gestern Wölfe gesehen hat, das, was passiert ist. Ich verspreche zu kommen und begebe mich sofort nach dem Gespräch, mit Hellmuth auf den Weg. Unterwegs telefoniere ich mit dem zuständigen Förster. Der hat den Schuss gehört und soeben nach dem Rechten sehen will. Wir verabreden, dass wir uns mit den Jungs aus Polen, die er kennt, zusammentun, um gemeinsam den Wald abzusuchen.

Ein paar Minuten später bin ich vor Ort. Kurz darauf stößt der Förster zu uns. Ich stelle mich vor, und berichte, weshalb ich hier in Greifswald bin.

147

»Lupus caritate«
© 2020 Klaus-Dieter Budde
klaus.dieter.budde@gmail.com

«Sewolt Sausmikat, dass ich da nicht gleich darauf gekommen bin!», schlägt sich der Förster die Hand vor den Kopf.

Wir schauen ihn verständnislos an.

«Vorletzte Nacht, wie ich zu einem Wildunfall gerufen wurde, ist jemand in meine Försterei eingestiegen und hat zwei meiner besten Jagdgewehre gestohlen!», klärt er uns auf.

«Ich habe mich gewundert das, nicht alle Waffen gestohlen wurden», berichtet er weiter.

Die Polizei hat den Einbruch aufgenommen, hat aber keinen Schimmer, wer der Einbrecher ist. Wir teilen uns auf und durchsuchen den Teil des Waldes, wo die Aktivisten aus Polen den Schuss gehört haben. Hellmuth sucht an einer langen Schleppleine den Waldboden ab. Nach geraumer Zeit wird er hibbelig und zieht in eine konkrete Richtung. Wenige hundert Meter weiter haben wir die Gewissheit. Sausmikat ist wieder aktiv.

Der Wolf, ein ausgewachsenes Exemplar, ein Rüde, ca. fünf Jahre alt liegt auf dem Waldboden. Ihm fehlt sein rechtes Ohr und hinter dem Halsband seines Senders steckt eine Nachricht. Der Waidmann und die Aktivisten der Przyjaciele Włfe sind fassungslos, so etwas haben sie zuvor nie gesehen.

«Warum hasst der Mann die Tiere?», wütet der Förster.

«Ich glaube, dass das kein Hass ist. Es ist mehr ein Hilferuf nach Liebe und Anerkennung», versuche ich die Wolfstötungen zu erklären.

«Wie bitte?» Der Förster ist außer sich. «Nehmen Sie den Täter in Schutz?»

«Nein nein, im Gegenteil. Ich jage diesen Sewolt Sausmikat nur schon geraume Zeit und habe mit einem Psychologen über

»Lupus caritate«
© 2020 Klaus-Dieter Budde
klaus.dieter.budde@gmail.com

ihn gesprochen. Der hat zwar sein Gutachten nicht fertiggestellt, aber es läuft so etwa darauf hinaus!», erkläre ich mich.

Der Förster ruft die Polizei. Nachdem wir unsere Angaben getätigt haben, wird der Wolf abtransportiert. Da das Rudel einen zweiten besenderten Wolf in ihren Reihen hat, versprechen die Aktivisten dranzubleiben. Wir sprechen ab, dass sie mir täglich über die Bewegungen des Rudels berichten. Abgekämpft fahren wir in die Stadt.

*

Sewolt Sausmikat sitzt beim Frühstück in einem kleinen Café, wie er vor der Tür einen Traum von einem SUV sieht. Ein Maserati Levante. Er schaut zu, wie der Luxusschlitten einparkt. Wie der Fahrer aussteigt, wird Sewolt nervös, er kennt den Mann. Sausmikat legt zwanzig Euro auf den Tisch, nickt der verblüfften Bedienung kurz zu und verlässt das Café durch den Nebeneingang.

Das war knapp, diesen Mann hat er schon in Tambach-Dietharz gesehen. Das ist der mit dem Wolfshund, der ihn in der Klamm gejagt hat. Ich werde hier verschwinden! Der verfolgt mich, denkt Sewolt. Er fährt in seine Pension und räumt sein Ferienzimmer. Zuallererst fährt er an den Bodden, um sein neues Ziel zu überdenken.

*

Nach dem Frühstück in einem kleinen Café in der Ortsmitte von Greifswald, verabschiede ich mich von meinen polnischen Mitstreitern. Ich fahre zunächst ins Hotel. Nach einer ausgiebigen Dusche und frisch rasiert, fühle ich mich wieder wie ein zivilisierter Mensch.

Ich rufe Tamara in der Detektei an. Gebe ihr Bescheid, dass

149

»Lupus caritate«
© 2020 Klaus-Dieter Budde
klaus.dieter.budde@gmail.com

ich geraume Zeit hierbleiben werde. Sie ist längst über die Details informiert. Unser Netzwerk funktioniert ausgezeichnet. Das erspart mir den Anruf bei meinen Auftraggebern. Über mein Ausharren am Bodden wird Tamara zeitnah, Ursula Richtich informieren.

Tamara berichtet, dass Uwe ungeduldig in der Reha sitzt und am liebsten mitmischen würde. Eine erfreuliche Nachricht, wie ich finde. Unverkennbar gehts ihm besser. Die Polizei in Stade hat die Sonderkommission «Wolf» erneut aktiviert. Zwar auf Sparflamme, aber wenigstens haben wir wieder einen Ansprechpartner.

Darauffolgend rufe ich bei meinem Freund Uwe Schmittmeyer an. Er freut sich wie Bolle, dass er jetzt die Informationen aus erster Hand bekommt. Will gleich mitmischen, wenn er wieder zuhause in Stade ist.

Ich bitte ihn, seine Kameraden bei der Polizei in die richtige Spur zu bringen. Wir wissen ja nicht, inwieweit die von den anderen Polizeidienststellen informiert sind. Da haben wir ja nicht so gute Erfahrungen mit der Bremervörder Polizei. Uwe verspricht sich zu kümmern. Wir beenden das Gespräch mit ein paar Floskeln über unsere gemeinsame Zukunft in der Detektei.

»Lupus caritate«
© 2020 Klaus-Dieter Budde
klaus.dieter.budde@gmail.com

13. Kapitel Stolpe, Mellenthiner Heide

Sewolt Sausmikat hat sich bis auf die Insel Usedom durchgeschlagen. Er ist bei Stolpe in einer abgelegenen Pension, dem «Stolper Hof» untergekommen.

Der «Stolper Hof» liegt im Herzen des Hinterlandes der Insel Usedom und ist eine träumerische Alleinanlage inmitten von mehr als zwanzig Hektar eigenen Feldern und Wald. Er ist ein ökologisches Tourismusprojekt mit Pension, Gastronomie und Erlebnisbereich. Um sich vor der Öffentlichkeit zu verstecken ideal.

Sewolt genießt die ersten Tage, fährt oft nach Stolpe rein, um sich die aktuelle Ostseezeitung zu besorgen. Da steht nach zwei Tagen nichts mehr von der Wolfstötung am Greifswalder Bodden in der Presse. Mit einer Wolfstötung beschäftigt man hier nicht so lange wie in den westlichen Bundesländern. Schnell ist man wieder bei der Tagesordnung. Das gefällt Sewolt nicht, er erhofft sich die Öffentlichkeit, ja er braucht sie, um sein Ziel zu erreichen.

Sewolt telefoniert mit der tiermedizinischen Hochschule in Hannover, er erfährt etwas über das Wolfsrudel bei Greifswald. Die Tiermediziner hegen keinerlei Verdacht und geben bereitwillig Auskunft. Das Rudel, bei dem vor kurzen ein Wolf getötet wurde, ist ein polnisches Wolfsrudel, das hin und wieder die Grenze nach Deutschland überschreitet. Nach dem Anschlag, wie die Mediziner die Tötung nennen, bewegen sie sich wieder auf die polnische Grenze zu. Einige Bewohner der Insel Usedom haben einzelne Tiere gemeldet. Sewolt bedankt sich für die präzise Auskunft und legt auf.

Er hat die gleiche Fluchtrichtung wie die Wölfe eingeschlagen, das passt! Freut er sich. Sewolt bereitet sofort seinen nächsten Handstreich vor. Holt sich Kartenmaterial, befragt die Touristinformationen und telefoniert mit Tourenführen den so genannten «Guides». Zielstrebig sucht er in den umliegenden Wäldern nach Wolfsspuren. In der Mellenthiner Heide wird er fündig. Hier sind erste Spuren im Heideboden zu sehen. Sewolt fährt nach Polen hinüber. Nach Świnoujście, um sich ein totes Schaf zu besorgen. Er findet einen Schlachter, der ihm, ohne Fragen zu stellen, ein solches verkauft. Mit dem Schaf fährt er in die Mellenthiner Heide.

Nachdem er es in sechs Teile zerlegt hat, legt er Köder aus.

*

In Greifswald bewegt sich tagelang nichts, bis ich von den Wolfsfreunden aus Polen den Hinweis bekomme: Dass sich die Wölfe in Richtung Usedom bewegen.

Nachdem sie den Peenestrom bei Fährhof, bei der Brücke über die B110, überquert haben. Sind sie aktuell in Richtung auf Mellenthin zu unterwegs. Wölfe folgen den uralten Routen des Wildes, überwinden dabei schwimmend Flüsse und Seen sagen Experten, warum nicht den Peenestrom bei Fährhof denke ich.

Wie ich in der Detektei in Stade anrufe, ist Tamara gleich am Apparat. Ich bitte sie, mir auf Usedom ein Zimmer zu reservieren: «Aber nicht im Hinterland! Bitte Versuch, etwas an der Küste zu bekommen. Mit Meerblick, wenn ich schon mal hier bin!»

Tamara verspricht ihr Bestes zu geben. Ich checke in Greifswald aus und fahre nach Usedom. In Wolgast stehe ich später wie jeder normale Usedomtourist, zwei Stunden im Stau. Tamara ruft an: Sie hat in Bansin, eines der drei Kaiserbäder, ein Zimmer im «Seehotel Kaiserstrand» für mich und Hellmuth gebucht. Ich füttere das Navigationsgerät mit dem neuen Ziel und schuckle im Schritttempo auf das Kaiserbad Bansin zu.

Mein Telefon klingelt und ich nehme das Gespräch über die Freisprechanlage an. Es ist Uwe mein Freund, er berichtet: dass die Stader Polizei zum gegenwärtigen Zeitpunkt, wegen bewaffneten Raubüberfalls gegen Sewolt Sausmikat ermittelt. Stade hat sich den Fall wieder auf die Fahnen geschrieben. Uwe erwähnt wie nebenbei, dass er Morgen vorzeitig aus der Reha entlassen wird. Drei Tage früher wie geplant.

«Dann komme ich gleich nach Usedom!», schlägt er vor. Ich rede ihm das wieder aus, Tamara wird uns was erzählen. Uwe hat ein Einsehen, verspricht derweil in Stade unterstützend einzugreifen. Nachdem das Gespräch beendet ist, schmunzle ich. Ehrgeiz hat Uwe ja, aber das erwarte ich von ihm.

*

Die Köder sind unberührt, einzig ein paar Vögel haben sich dorthin verirrt. Sewolt kennt das von der Köderjagd zuhause. Erst schleichen die Beutejäger tagelang um die Köderstellen herum um, wenn sie sicher sind, dass es keine Falle ist, zuzugreifen. Aus diesem Grund beobachtet er die Köder aus der Ferne. Mit seinem neuen Feldstecher einem Blaser Primus Fernglas 8x56, dass bis in die fortgeschrittene Dämmerung hinein eine vortreffliche Sicht bietet. Dass es nicht preiswert war, das ist kein Problem, er hat ja genug Geld in Parchim «eingekauft».

Nach der Kontrolle der Köderstellen fährt Sewolt in Richtung Ahlbeck. Er besucht das Sandskulpturen Festival Usedom. Hier sind rund 9.500 Kubikmeter Sand auf 4.000

153

Quadratmeter überdachter Ausstellungsfläche verarbeitet worden. Die Skulpturen sind nur aus Sand und Wasser gefertigt. Sie begeistern Sewolt durch ihre eindrucksvolle Größe und die filigranen Details. Sausmikat taucht ein, in eine Sand-Welt voller Sagen und Geschichten rund um den Mythos Meer. Es ist für ihn wie auf einem Tauchgang. Er entdeckt die Wunderwelt des Meeres in seiner einmaligen Form. Zwei Stunden hat Sewolt die Sandmonumente auf sich wirken lassen. Im Folgenden sitzt er in dem dazugehörigen improvisierten Café und genießt den selbst gemachten Pflaumenkuchen. Der hier für bescheidenes Geld angeboten wird. Sewolt sehnt sich nach der Zuneigung der Menschen, er leidet in solchen Momenten wie diesen.

Wenn er versucht, ein Gespräch mit jemanden anzufangen, wendet der sich nach kurzer Zeit von ihm ab. Er begreift das nicht. Ich bin doch kein hundsmiserabeler Mensch, grübelt Sewolt. Frustriert und wehmütig eilt er zum Parkplatz und fährt mit Tränen in den Augen zurück nach Stolpe. Es ist an der Zeit, dass bald was passiert, sein Inneres erlaubt ihm nicht, länger zu warten.

*

Ich habe mir bei einem ansässigen Fahrradverleih ein Mountainbike ausgeliehen. Bin mit Hellmuth, der angeleint neben dem Rad trabt, nach Ükeritz geradelt. Ein anspruchsvoller Radweg durch den Wald ständig mit der Nähe zum Strand. In Ükeritz sind wir durch den Ort, auf die andere Seite der «B» gefahren. Bei einem stattlichen Becher Kaffee schaue ich den Kitesurfern bei ihren halsbrecherischen Manövern zu. Ein verrückter Sport, leider bin ich zu alt dafür! Oder?

154

Entlang der Bundesstraße radeln wir zurück nach Bansin. Ich fahre die ganze Strecke an, stehenden Fahrzeugen vorbei. Heute ist «Bettenwechsel», da sind die Straßen hier voll, da kommt man sich mit dem Fahrrad, wie der König der Landstraße vor. In Bansin halten wir bei einem Steakhouse. Ich bestelle mir einen Burger XXL mit Pommes. Ein Riesending, schmeckt mir ausgezeichnet, ist freilich zu mächtig. Da waren die Synapsen, die für den Appetit zuständig sind etwas übermotiviert. Mit faltenfreiem Bauch fahre ich zur Mittagsstunde zum Hotel. Hellmuth ist für heute gut ausgelastet und schließt sich mir an.

*

Gegen sechzehn Uhr telefoniere ich mit Stade. Tamara berichtet mir, dass der alte Doc das Gutachten fertig hat. Weiter schimpft sie, dass da jemand gekommen ist, der allem Anschein nach, das Ziel hat, ihren Ordnungsstil zu zerstören. Ich lache lauthals.

«Ist Uwe schon angekommen?», frage ich Tamara.

«Ja genau den meine ich, der bringt mir hier alles durcheinander!», schimpft sie.

Das war nicht ernst gemeint. Dass Uwe sein Gliederungsprinzip der Ordnung bei ihr durchsetzt, ist recht unterhaltsam.

«Ja Tamara, da müssen wir jetzt durch!», flachse ich.

Sie berichtet, dass sich die Wölfe weiterhin im Bezirk Stolpe / Mellenthin aufhalten. Das hat sie durch Ursula erfahren. Sie bestellt liebe Grüße vom «Ordnungsmonster», wie sie Uwe zärtlich besorgt nennt, und beendet unser Gespräch.

Morgen früh sehe ich mich in der Mellenthiner Heide um.

155

»Lupus caritate«
© 2020 Klaus-Dieter Budde
klaus.dieter.budde@gmail.com

Dafür benötigte ich anständige Karten. Mit Hellmuth im schlepp, eile ich die Strandpromenade entlang bis zur Tourist Information. Hier decke ich mich mit Kartenmaterial ein.

*

Bäuchlings liegt Sewolt im langen Strandhafer, der hier in der Heide an einigen Stellen unregelmäßig wächst. Er hat eine Köderstelle im Blick, an der sich was bewegt. Ein Fuchs ist dabei, sich kleine Brocken aus dem Schafskadaver zu stibitzen. Da taucht das Wolfsrudel auf. Der Fuchs schnappt sich sein Beutestück und flitzt eilig davon. Sewolt ist alarmiert. Er zieht sich langsam aus dem Versteck zurück. Schleicht zum Auto und holt sein Gewehr. Fertiggeladen arbeitet er sich, einen Bogen schlagend, um gegen die Windrichtung zu kommen, vor zur Köderstelle. Dort angekommen stellt er fest, dass die Wölfe den Köder mitgenommen haben. Sewolt verfolgt sie. Verhalten, diszipliniert auf Abstand bedacht. Da sieht er das Rudel! Es beschäftigt sich genüsslich mit der Beute. Sewolt geht an einem Baum in Stellung. Im stehend angelehnten Anschlag. Er visiert einen der Wölfe an, schließt kurz die Augen und drückt ab. Das Rudel spritzt zuerst auseinander, um im weiteren Verlauf in blinder Wut, knurrend und zähnefletschend, auf Sewolt zuzulaufen. Das Leittier, eine Fähe greift ihn unvermittelt an. Damit hat Sausmikat nicht gerechnet. Er springt leichtfüßig zu Seite, um auszuweichen. Dabei verliert er in der Hastigkeit sein Gewehr. Sewolt rutscht aus und schlägt auf den Boden. Die Wölfin greift ihn von der Seite an. Er schafft es, just in diesem Moment, die Pistole aus der Innentasche der Parka zu zerren. Da ist die Fähe über ihm! Sie beißt sich sofort in seiner linken Schulter fest und versucht, ihn zu schütteln. Sewolt drückt voller Panik ab. Die Fähe

156

»Lupus caritate«
© 2020 Klaus-Dieter Budde
klaus.dieter.budde@gmail.com

verliert unmittelbar ihre Kraft und fällt wie ein nasser Sack über den erschöpften Sewolt zusammen.

Schnell befreit er sich von der Last und sieht sich hektisch um. Die übrigen Wölfe lauern abwartend mit reichlich Abstand im Strandhafer und schauten zu ihm herüber. Sewolt visiert den Wolf, der ihm am nächsten steht an und schießt abermals mit der Pistole. Der getroffene Wolf bricht röchelnd zusammen. Das ist das Zeichen für das restliche Rudel, die Flucht zu ergreifen.

Sewolt Sausmikat schneidet, trotz seiner Verletzung, bei den getöteten Wölfen jeweils das rechte Ohr ab.

Greift sein Gewehr und hastet zu seinem Auto. Erst hier, wie er sich beruhigt hat, bemerkt er die Verletzung an der Schulter. Der hohe Adrenalinausstoß hat sein Schmerzempfinden kurzzeitig ausgeschaltet. Sewolt presst ein Tuch auf die verletzte Stelle und fährt einstweilen weit weg vom Tatort. Unweit von Schloss Mellenthin in einem Waldweg desinfiziert und verbindet er die Wunde. Ein kraftvoller Biss war das. Hoffentlich entzündet sich das nicht, das gebraucht er im Moment überhaupt nicht. Sewolt fährt gar nicht erst zur Pension zurück. Kopflos verlässt er Usedom über Anklam auf Rostock zu. Später ändert er sein Ziel und fährt auf der A19 bis Wittstock, von hier fürs Erste auf der A24 weiter in Richtung Berlin.

Unterwegs merkt Sewolt, dass er «Puls» auf der Bisswunde hat. Das bedeutet, die Wunde hat sich infiziert. In Berlin sucht Sewolt Sausmikat ein Krankenhaus auf, um die entzündete Bisswunde behandeln zu lassen.

«Wie ist das den passiert?», befragt ihn der behandelnde Arzt.

157

»Lupus caritate«
© 2020 Klaus-Dieter Budde
klaus.dieter.budde@gmail.com

«Ich bin gestolpert und da hat sich mein Hund so erschrocken, dass er zugebissen hat», belügt Sewolt den Doktor.

«Was haben Sie denn für einen Hund?», fragt der Mediziner nach, derweil er die Wunde professionell reinigt.

«Einen Schäferhund!», lügt Sewolt weiter.

Er bekommt eine Tetanusspritze und einen ordentlichen Verband. In der Folge verlässt er deutlich geschwächt die Klinik.

*

Am Morgen nach dem Frühstück freue ich mich mit Hellmuth auf Mellenthin. Ich fahre mit dem Auto bis zum Schlossparkplatz und von dort mit dem Mountainbike in die Mellenthiner Heide, um mich etwas umzuschauen.

Hellmuth begleitet mich am Springer, denn hier ist Naturschutzgebiet und Hunde gehören an die Leine. Über schmale Pfade, die im Verlauf zur Mountainbike-Strecke ausgeschildert sind, fahren wir kreuz und quer durch die Heidelandschaft. An einem Rastplatz zögert mein Hund, ich halte an, um zu schauen, was ihn irritiert.

Hellmuth zieht mich in ein lichtes Unterholz, hier stinkt es bestialisch. Bei der Suche nach der Ursache finde ich einen Kadaver. Wie es aussieht, war das im richtigen Leben ein Schaf. Da es nur ein Fragment eines Schafes ist, überlege ich mir, dass das ein Köder ist. Ich rufe die Polizei in Stolpe an und schildere meinen Fund. Ein erstaunlich versierter Beamter bittet mich in aller Form, an der Stelle zu verharren, bis seine Kollegen bei mir sind. Nach einer viertel Stunde trifft ein Streifenwagen mit zwei Polizisten und einem Förster bei mir ein. Ich schildere, was ich gefunden habe, und zeige den

»Lupus caritate«
© 2020 Klaus-Dieter Budde
klaus.dieter.budde@gmail.com

dreien den Kadaver.

«Eine Köderstelle!», stellt der Forstbeamte lapidar fest.

Ich erkläre dem Förster, warum ich hier bin und das ich vermute, dass Sewolt Sausmikat dahintersteckt.

«Ok, die Möglichkeit besteht, wir haben hier zurzeit ein Rudel im Revier!», sagt der Förster.

Die Polizei beschließt mit unserer Hilfe, das umliegende Gelände abzugehen. Ich binde Hellmuth an die Schleppleine, wir teilen uns auf und suchen los. Nach anderthalb Stunden, die Polizei drängt lange zum Abbruch der Aktion. Schlägt Hellmuth unvermittelt an. So kenne ich meinen Hund nur, wenn Gefahr im Verzuge ist. Ich lass die Schleppleine los und Hellmuth stürmt nach vorn durch dichten Strandhafer, der hier Flächenweise wächst.

Wir rennen hinterher, da sehen wir ihn, inmitten dreier Wolfskadaver, er jault. Ich schreite zu meinem Hund, führe ihn abseits und beruhige ihn wieder. Eindrucksvoll zeigt er uns, dass er mit den toten Wölfen leidet.

Die Polizei sperrt das Gelände umfangreich ab und fordert Verstärkung an. Ich für meinen Teil habe genug gesehen, bei den getöteten Wölfen fehlt das rechte Ohr. Das Verbrechen an den Tieren, so sieht es zumindest aus, ist mindestens 12 Stunden her. Das bedeutet, das Sewolt Sausmikat über alle Berge ist. Hätte ich doch schon gestern diese Tour gefahren, dann lebten die Wölfe. Die Polizei ist nett und bringt mich mit Bike und Hund zu meinem Fahrzeug auf den Schlossparkplatz. Da ich den ganzen Tag nichts gegessen habe, marschiere ich in die Schlossgaststätte.

«Mellenthiner Hirschkalbsbraten in Rosmarinsauce. Dazu Rosenkohlröschen und Butterkartoffeln», ist die Empfehlung des Kellners. Ich folge dem Vorschlag und gönne mir aus der Wasserschloss-Brauerei-Mellenthin ein Mellenthiner Dunkel. Ein erlesenes Bier, wie ich finde.

Frisch gestärkt benachrichtige meine Detektei in Stade. Ich bitte meinen Freund Uwe Schmittmeyer, seine Kollegen von der Stader Polizei, über die erneute Wolfstötung zu informieren.

«Ich komme morgen zurück!», kündige ich an. «Ich richte hier ohnehin nichts mehr aus. Jetzt warten wir ab, was die Fahndung so bringt. Oder hoffen auf die Netzwerker.» Ich bin frustriert. Uwe versucht, mich zu beruhigen: «Nach Ebbe kommt immer die Flut!», sagt er.

«Lass gut sein, bis morgen. Ich bin so gegen Mittag dort!», schließe ich das Gespräch und fahre ins Hotel.

Nachdem ich Hellmuth aufs Zimmer gebracht habe, schreite ich an die Hotelbar und lass mir eine Flasche Rotwein, einen Trollinger & Lemberger trocken vom Weingut Ellwanger aus Württemberg geben. So ausgestattet spaziere ich an den Strand und setze mich in einen freien Strandkorb in die Abendsonne. Ich schenke mir ein Glas ein und genieße den Wein. Die Aromen von Sauerkirschen und Pflaumen mit einem Hauch Pfeffer sowie die fragile Tanninstruktur und die feinherbe Säure des Rotweines beruhigten mich. Gedankenversunken trotz alledem voller Motivation, diesen Fall zu lösen, beobachte ich ein vorbeifahrendes Frachtschiff in der Ferne der See. Gegen 21:00 Uhr nimmt die feuchte Kälte des Abends langsam Besitz von mir. Der leckere Rotwein hat sich auf sonderbare Art und Weise verflüchtigt. Ich erinnere mich nicht, oft nachgeschenkt zu haben, und eile fröstelnd ins Hotel zurück.

14. Kapitel Die Ente

Ich sitze mit Uwe Schmittmeyer in der Mandantensitzgruppe und erkläre ihm, dass die in Deutschland durch die Wiedereingliederung der Wölfe verursachten Ängste und Befürchtungen grundlos sind. Im vereinten Europa leben ca. 18.000 bis 20.000 Wölfe. Es sind bisher von gesunden Wölfen auf Menschen aus keinem europäischen Land Übergriffe bekannt, hat eine Umfrage des IFAW unter Wolfsexperten in den europäischen Ländern ergeben. Die Umfrage basiert auf Auskünften aus Polen ca. 600 bis 700 Wölfe, Italien ca. 400 bis 500 Wölfe und Spanien ca. 2.000 Wölfe.

Ich war oft in Spanien, oder in Polen. Da hat mich bisher nie ein Einheimischer auf die Gefahr von Wölfen angesprochen. In den Katalogen der Reiseveranstalter wird nicht auf den Wolf an sich, oder Gefahren, die von ihm ausgehen hingewiesen. Abgesehen davon hält sich die Mär vom «großen bösartigen Wolf» in Teilen der Bevölkerung bis in unsere heutige Zeit. Nicht zuletzt, weil vereinzelte Zwischenfälle mit Nutztieren, durch die Medien ohne Kenntnis der Umstände sensationsheischend aufgebauscht werden. Uwe der sich in seiner Abwesenheit in das Thema Wolf, eingelesen hat, pflichtet mir bei.

«Die Medien an sich sind nicht das alleinige Problem. Selbst die Geschädigten erzeugen allerlei Wind, so werden die Entschädigungsforderungen künstlich nach oben getrieben. Jeder begehrt hier sein Schnäppchen zu machen!», resümiert Uwe den Sachverhalt.

Wir warten auf die Ergebnisse der Spurensicherung. Die Mediziner der tiermedizinischen Hochschule in Hannover, wo

161

»Lupus caritate«
© 2020 Klaus-Dieter Budde
klaus.dieter.budde@gmail.com

die drei Wölfe untersucht werden. Haben versprochen, uns über das Ergebnis heute Abend zu informieren.

In der Zwischenzeit kümmern wir uns um andere anstehende Aufträge. Die wir parallel zu unserem Hauptfall abarbeiten. Hierbei handelte es sich um Observationen von Baufirmen. Betrügerische Erpressung. Eifersuchtsgeschichten bis hin zum Diebstahl hochwertiger Fahrräder. Die «Detektei Spotter» ist gefragt, ich denke schon seit Tagen darüber nach, ob ich mich vergrößern und mit Angestellten Detektiven arbeite. Aber das braucht Zeit.

*

Ursula Richtich die mit ihrer Gruppe «Lupus caritate», mein Auftraggeber ist, kommt herein, um sich briefen zu lassen. Ich reportiere, was ich in den neuen Bundesländern erlebt und gesehen habe. Berichte ihr von den Emotionen, die in mir hochkamen, beim Anblick der getöteten Wölfe. Ebenso, dass aus meiner Wut gegenüber Sausmikat, inzwischen Mitleid aufgekeimt. Ich bin überzeugt davon, dass der Mann krankhaft nach Anerkennung strebt. Dabei überhaupt nicht wahrnimmt, was er da anrichtet. Ursula Richtich pflichtet mir bei. Dass Sausmikat das nicht mehr kontrolliert, hat sie schon vermutet.

«Darum ist es umso wichtiger, dass wir ihn stellen und er in psychiatrische Behandlung kommt!», stellt sie abschließend fest.

Sie berichtet mit geschwollener Brust, dass eine Anzahl von Sponsoren mit im Boot sind und die Bezahlung gesichert ist.

Hut ab, denke ich, Ursula hat in recht kurzer Zeit eine Gruppe Aktivisten um sich geschart und mit ihnen eines der

»Lupus caritate«
© 2020 Klaus-Dieter Budde
klaus.dieter.budde@gmail.com

größten Wolfsschutz-Netzwerke in der Republik aufgebaut. Das ist ehrenamtliche Leistung Par exellence. Nachdem wir Ursula verabschiedet haben, begebe ich mich mit Uwe in das «Café Tapao» am Wasser West, einer Tapasbar. Wir setzen uns in die hinterste Ecke, denn wir planen Substanzielles zu besprechen. Es wurde eine lange Nacht.

*

Sewolt Sausmikat ist geschwächt. Nach seiner Behandlung in Berlin ist er nach Lauenburg an die Elbe gefahren. Er hat sich in einer Pension am Stadtrand eingemietet. Nun liegt er auf dem Bett und kontrolliert seine Bisswunde. Wie er den Wundverband abnimmt, stellt er fest das die Wunde an einem Biss-Loch deutlich eitert. Die anderen sehen wieder manierlich aus. Sewolt legt einen neuen Verband an und beschließt, sich Pharmazeutika zu besorgen. In einer nahen Apotheke hilft man ihm vorerst, er erhält Zugsalbe um die Entzündung zu behandeln und Antibiotika. Hierfür benutzt er ein Rezept aus Berlin, das er bisher nicht eingelöst hat. Mit Medikamenten ausgestattet schlendert er durch Lauenburg.

Bei einem Spaziergang über das alte Kopfsteinpflaster der Schifferstadt lebt die Geschichte der Stadt wieder auf. Die zahlreichen schmalen Gassen und Treppen verbinden die Altstadt mit der Oberstadt. Sewolt wandelt durch die Fürstengärten. Er erinnert an die Zeit des askanischen Herzoges. Eine Besichtigung des Schlosses mit Schlossturm schenkt er sich. Die sehen im Innern doch alle gleich aus.

Sewolt spaziert zurück Richtung Elbe. Direkt am Ufer und an den Hängen, reihen sich historische Fachwerkhäuser in der Elbstraße aneinander. Auf einer Informationstafel für Touristen liest er, dass die liebevoll sanierten Häuser in der Altstadt von

Lauenburg, das größte Denkmalensemble in Schleswig-Holstein sind. Der lange Spaziergang hat ihn ermüdet. Sewolt holt sich in einem Schnellimbiss zu essen und kehrt in seine Pension zurück. Es hat ihm gutgetan, über was anderes wie Wölfe nachzudenken. Zuerst isst er sein Schnellgericht, später kümmert er sich um die Wunde.

*

Am Morgen eröffnen Uwe und ich, Tamara, was wir gestern Abend lange und ausführlich besprochen haben.

Wenn bei Uwe die frühzeitige Pensionierung aufgrund seiner Dienstunfähigkeit, durch alle zuständigen Instanzen abgesegnet ist. Steigt er in die Detektei mit einer Beteiligung von 30% ein.

Uwes Aufgabenbereich ist die Hintergrundrecherche. Dazu der Einsatz und die Überwachung, der später anzustellenden Detektive. Wir beschließen, wenn die Auftragslage das nächste halbe Jahr stabil ist, zwei Mitstreiter einzustellen, auf Honorarbasis. Uwe bekommt eine eigene Bürokraft. Tamara bleibt, meine Stütze.

«Und ich werde scheinbar gar nicht gefragt?» Grinst uns Tamara an.

Sie freut sich für Uwe. Für alle, wie sie sagt. Mit der Lösung der Bürokräfte kommt sie problemlos zurecht. Ihr ist bekannt, dass die Zusammenarbeit bei Partnern oft schwierig ist, das ist damit ausgeschlossen.

«Große Klasse, dann sind wir jetzt ein Team! Ein Dreamteam würde ich sagen!»

Ich hebe mein Glas, Tamara hatte flink «Feierbrause» eingeschenkt. «Dann auf gute Zusammenarbeit!»

164

»Lupus caritate«
© 2020 Klaus-Dieter Budde
klaus.dieter.budde@gmail.com

Wir verschließen die Detektei und bummeln ins Café im Goebenhaus, zum Frühstück. Die «Brause» hat den Appetit angeregt.

*

Nach dem Frühstück sitze ich in meinem Büro und checke die Mails. Das Ergebnis der tiermedizinischen Hochschule Hannover ist angekommen. Ich drucke und werte es gleich aus. Im Resümee steht dort, das ein Wolf mit einer Langwaffe und zwei Tiere mit einer Pistole beschossen wurden. Ein Wolf ist mit einem aufgesetzten Schuss getötet worden.

Das bedeutet, dass die Wölfe Sausmikat angegriffen haben. Die Tiermediziner haben außerdem am Fang der Fähe menschliches Blut gefunden. Sie vermuten, das Sewolt Sausmikat verletzt ist. Ich rufe bei der Stader Polizei an und lass mich mit der Sonderkommission «Wolf» verbinden. Der zuständige Kriminalhauptkommissar hat das Ergebnis der tiermedizinischen Hochschule mit seinen Kollegen längst ausgewertet.

«Wir aktivieren soeben eine Abfrage an alle Krankenhäuser und Arztpraxen, ob Sausmikat an irgendeinem Ort behandelt wurde», erklärt mir der Beamte.

Er verspricht mich zu benachrichtigen, wenn sich was ergibt. Ich bedanke mich für die Zusammenarbeit und lege zufrieden auf. Die Stader sind am Ball, urteile ich. Wir brauchen einen Tipp, oder einen Ansatz, wie wir an Sewolt Sausmikat herankommen.

Ich berufe für abends 18:00 Uhr eine Arbeitsbesprechung ein, an der, der alte Doc teilnimmt. Ein Vertreter der Sonderkommission kommt extra zu diesem Zweck her. Hier

165

»Lupus caritate«
© 2020 Klaus-Dieter Budde
klaus.dieter.budde@gmail.com

hat Uwe etwas nachgeholfen. Nach langen Gesprächen lassen sich die Exfrau von Sausmikat und der geschasste Politiker darauf ein und versprechen dabei zu sein.

Um meine Gedanken zu sortieren, schlendere ich mit Hellmuth eine Runde um den Burggraben. Darauffolgend setze ich mich an den Schreibtisch und bereite die Besprechung vor. Wie Ursula Richtich mich anruft: Sie berichtet das Sausmikat sich in Berlin, im evangelischen Krankenhaus in Teltow, seine Bisswunden behandeln ließ. Die Info hat sie von einer Krankenschwester, die Sewolt Sausmikat im Netzwerk der Gruppe «Lupus caritate» erkannt hat. Ergo ist die Wunde entzündet und Sausmikat wurde Antibiotika verschrieben.

«Sie hat mir die Kopie des Behandlungsblattes gemailt. Bittet aber darum, nicht genannt zu werden, da sie dann ihren Job verlieren wird!», sagt Ursula Richtich.

Ich verspreche das vertraulich zu behandeln und lade Ursula zur Besprechung am Abend ein. Ich bitte sie, sich eher passiv zu verhalten, da ein Vertreter der Polizei anwesend ist. Um den Polizeibeamten nicht zu überraschen, schiebe ich die Information an die Sonderkommission «Wolf» weiter. Mit der Bemerkung, Absender unbekannt.

Gegen 17:30 Uhr bereite ich den Tagungsraum vor. Stelle mit Tamara Getränke und dänische Kekse bereit, und zeichne auf dem Whiteboard den Ablaufplan der Besprechung auf. Die ersten Teilnehmer der Erörterung erscheinen pünktlich 10 Minuten vor Beginn. Ich zeige jedem seinen Platz und biete Kaffee an. Wie wir komplett am ovalen Konferenztisch sitzen, begrüße ich die Teilnehmer und trage einen kurzen Abriss des Geschehenen vor. Im weiteren Fortgang übergebe ich das

»Lupus caritate«
© 2020 Klaus-Dieter Budde
klaus.dieter.budde@gmail.com

Wort an Dr. Dr. Hombach.

Der alte Militärpsychologe stellt sich kurz vor, nennt die Grundlagen seines Gutachtens und legt los mit dem Vortrag:

«Ich sehe die Ursache des Minderwertigkeitsgefühls bei Sausmikat so: Er fühlt sich unvollkommen als menschliches Wesen. Weil sein Minderwertigkeitsgefühl so ausgeprägt ist, hat er, weil er das Gefühl kompensieren muss, einen neurotischen Lebensplan entwickelt. Die ungewöhnliche Intensität der empfundenen Minderwertigkeit und die ersehnte, aber fiktive Überlegenheit. Verursachen bei Sewolt Sausmikat Unbeständigkeit in seinen Selbstwerterlebnissen. Die Ursachen des Minderwertigkeitskomplexes und die daraus resultierende Depression, befindet sich nach Sigmund Freuds Triebtheorie in einer Phase, die nicht ausgelebt bzw. befriedigt wird. So führen wenig Zuwendung im Familienkreis und die Wegnahme der Jagdlizenz sowie keine oder nur eine wenig empathische Unterstützung durch Freunde, Kollegen und Jagdgenossen zu einem Minderwertigkeitskomplex. Der Betroffene wurde selten gelobt und häufig kritisiert. Diese Umstände entziehen dem Aufbau eines gesunden Selbstwertgefühls die Grundlage und führen oft zu einer Suchtdisposition. Will heißen, Sewolt Sausmikat hat sich um sein Selbstwertgefühl zu steigern, etwas gesucht, wo er Anerkennung erhofft. In seinem Fall die Wolfstötungen. Initial dafür war die Wolfshetze im Wahlkampf, plus die Trennung von seiner Frau, in Verbindung mit der Arbeitslosigkeit. Er steigert sich von einer Tötung zur anderen dermaßen dort hinein, dass er sogar vor einem Bankraub nicht Halt macht. Dieser Mann ist gefährlich! Wenn er nicht bald gestoppt wird, ist Menschenleben in Gefahr! Stellen Sie sich das wie eine

»Lupus caritate«
© 2020 Klaus-Dieter Budde
klaus.dieter.budde@gmail.com

Sucht vor. Sewolt Sausmikat braucht dieses Töten immer öfter. Da ist ihm letztendlich egal, ob Tier oder Mensch. Das kann situationsbedingt jederzeit kippen.»

Die Teilnehmer verharren schweigend ihren Gedanken nachhängend auf ihren Plätzen. Die Aussage des Psychologen ist so eindeutig, dass jeder der/die da auf irgendeine Art und Weise involviert ist, sich unweigerlich fragt, welch Anteil er an der Schuld hat, wenn es denn überhaupt eine gibt. Ich erteile Uwe das Wort. Er schildert kurz unsere weitere geplante Vorgehensweise.

Wir haben eine Strategie geplant, die ist nicht ungefährlich. Es ist eine Chance, Sewolt Sausmikat zu stellen. Manche Teilnehmer sind angetan von unserem Vorschlag, wieder andere finden das Restrisiko zu beträchtlich und lehnen die Strategie ab. Der Hauptkommissar der Sonderkommission «Wolf», der anwesend ist, hält sich mit seiner Meinung auffällig zurück. Ist das ein erfreuliches Zeichen oder ein missliches? Nach langer Diskussion beende ich die Besprechung mit den Worten: «Wir überarbeiten den Plan nochmal, damit ihn alle Teilnehmer mittragen.»

Später sitzen wir Stunden zusammen und sprechen über das Gutachten. Die Strategie und über unsere Zusammenarbeit. Es wurde bei geeigneten Getränken, eine lange Nacht.

»Lupus caritate«
© 2020 Klaus-Dieter Budde
klaus.dieter.budde@gmail.com

15. Kapitel Zugriff

Sewolt Sausmikat hat sich aus Langeweile einen Stapel Zeitungen am Bahnhof gekauft. Er liest alles mit hoher Intensität. Ein knapper Bericht über einen eklatant zahmen Wolf in Kehdingen, hat seine ganze Aufmerksamkeit.

Dort steht geschrieben, dass ein ausgewachsener Rüde sich durch unerschrockene Anwohner füttern lässt. In regelmäßigen Abständen wiederkommt und das Futter schon einfordert. Der Reporter mutmaßt, dass es nicht ausgeschlossen ist, dass es sich um eine illegale Handaufzucht handelt. Sewolt ist geschockt. Soweit sind wir schon gekommen, dass der Wolf bei uns das Futter einfordert.

«Ja wo sind wir denn?», schimpft er.

Er entscheidet sich, die Geschichte weiter zu verfolgen. Ebenso plant er, abermals seinen Standort zu wechseln. Er plant, näher an die Stader Geest zu reisen, um den «zahmen Wolf» im Auge zu behalten. Sewolt ist wieder leistungsfähig, die Antibiotika hat erfreulich angeschlagen, er merkt die Verletzung kaum. In Appel findet er ein spartanisches Monteurszimmer. Er ruft dort unter falschem Namen an und meldet «seinen Monteur» für ein paar Übernachtungen an. Sewolt packt in Ruhe seine Sachen zusammen. Alles ist neu, denn er hat sich in Lauenburg wieder neu eingekleidet, da auf der Flucht von Usedom seine Habseligkeiten zurückgeblieben sind. Er reinigt nochmals seine Waffen durch. *Man weiß ja nie, was auf einen zukommt,* denkt er vorausschauend.

*

Uwe Schmittmeyer, Tamara und ich sitzen mit dem Journalisten vom Tageblatt, den ich bei der Pressekonferenz von Gottwald Defehrden-Tautorath kennen und schätzen

169

»Lupus caritate«
© 2020 Klaus-Dieter Budde
klaus.dieter.budde@gmail.com

gelernt habe, in der Mandantensitzgruppe und schmieden unseren Plan. Die erste Falschmeldung haben wir gestern losgetreten. Knapp und unscheinbar. Damit Sewolt Sausmikat keinen Verdacht schöpft. Wir lassen einen fiktiven Wolf durch den Landkreis streifen. Der sich unnatürlich zahm zeigt und sich durch gewagte Bürger füttern lässt. Im Kehdinger Land ist er zuerst aufgetaucht, im weiteren Verlauf erscheint er in der Barger Heide bei Stade.

«Wir bauen das behutsam und vorsichtig auf, damit Sausmikat den Braten nicht riecht. Nur so haben wir eine Chance, ihn zu erwischen!», sagt der Mitarbeiter des Wolfscenters, den wir um Unterstützung gebeten haben, um eine Wolfsgerechte Spur zu legen. Die anderen Presseorgane, die die Story aufgreifen, setzen wir erst im Nachgang über unsere «Ente» wie man diese Art der Berichterstattung nennt, in Kenntnis. Die Gefahr, dass die ein oder andere Zeitung nicht dichthält, ist zu groß.

Diese Vorgehensweise haben wir in der Nacht nach der Arbeitsbesprechung in langen Gesprächen erarbeitet. Alles ist mit Tageblatt, Polizei und Staatsanwaltschaft abgesprochen. Unsere Netzwerker, die von der «Ente» nichts wissen, kontrollieren das Umfeld von Stade hoffentlich lückenlos. Das Sewolt Sausmikat, wenn er erscheint, sofort erkannt und observiert wird. Wenn er trotz alledem durch das Netz schlüpft, haben wir weiterhin eine Alternative.

*

«Kinder spielen mit Wolf in der Barger Heide».
Sewolt liest die Schlagzeile und ist fassungslos. Er ist früh morgens in Moisburg beim Bäcker, wie er die Tageszeitung dort liegen sieht. Sausmikat kauft die Zeitung, dazu einen

Kaffee «to go» und zwei Leberwurstschrippen.

Er fährt in Richtung nach Appel zu seinem Montage-Zimmer. Nach dem Einchecken setzt er sich an den runden Tisch. Frühstückt und liest dabei, was in der Barger Heide passiert ist. Allem Anschein nach ist der Kehdinger Wolf hierher gewandert und einige Kinder die keinerlei Scheu vor dem Wolf zeigen, weil sie annehmen, das sei ein Hund. Spielen mit dem Tier. Sie werfen Bälle oder andere Sachen, die der Wolf gegen Leckerli wieder zurückbringt. Wie gefährlich ist das denn! Regt Sewolt sich auf, hoffentlich greift da jemand ein. Doch der weitere Artikel enttäuscht Sewolt. Ein Wolfsexperte hat davon abgeraten, den Wolf zu maßregeln. Seines Erachtens wird es reichen, die Bevölkerung darauf hinzuweisen, dass Wölfe jeglicher Art, tabu sind für Spiele und Fütterungsaktionen. Ein Bild, eine dilettantische Aufnahme von dem Wolf ist abgebildet. Das hat eines der Kinder mit dem Mobiltelefon fotografiert, steht geschrieben. Sewolt ist fassungslos. Wenn die da nichts unternehmen werde ich mich kümmern, einstweilen wartet er ab.

*

Er hat angebissen! Ursula Richtich hat mich in Kenntnis gesetzt, dass ein Netzwerker, Sewolt Sausmikat in Appelbeck am See bei einem Spaziergang gesehen hat. Ursula ahnt nichts von unserer «Entenjagd», wir haben den Kreis der Eingeweihten bewusst kleingehalten. Ich informiere den engeren Kreis und wir beschließen, den Wolf über drei Stationen bis zum finalen Zielort zu schicken. Morgen kommt die nächste «Ente» heraus.

*

Sewolt verfolgt über Tage die Geschichte um den «lieben

»Lupus caritate«
© 2020 Klaus-Dieter Budde
klaus.dieter.budde@gmail.com

Wolf». Wie er in der Zeitung genannt wird. Er findet es beschämend, wie sich potenzielle Wolfsgegner mir nichts, dir nichts für den Schutz, der Wölfe aussprechen.

Die reden dem Reporter buchstäblich nach dem Mund. Empört beschließt er, sich den Wolf anzusehen, der sich im nördlichen Teil des Rüstjer Forstes, einem großen Staatsforst aufhält. Über Dollern, hier parkt er seinen Wagen an einem Köm-Schnellweg, am Komplex des Umspannwerkes und durchstreift die Gegend in Richtung Forst. Er beobachtet die Umgegend bei vermehrten Halten durch sein Fernglas. Gleichermaßen schaut er sich nach Wolfsspuren um. Bisher ist nichts zu finden, er versucht es weiter westlich. Nach geraumer Zeit, er zweifelt schon an seinen Fähigkeiten. Findet er eine frische Spur. Sie ist durch herumfliegendes Laub verwischt, aber eindeutig eine Wolfsspur. Sewolt's Optimismus gewinnt wieder Oberhand. Er hat einstweilen genug gesehen. Morgen versucht er es weiter hinten im Wald, mit Jagdgewehr.

*

Wir haben eine Menge zu arbeiten. Um den Mythos des wohlgesinnten lieben Wolfs aufrechtzuerhalten. Das fängt damit an, dass wir Bescheid wissen, wo sich Sewolt Sausmikat aufhält. Im weiteren Verlauf legen wir Spuren. Sausmikat ist ein passionierter Jäger, der braucht Spuren, sonst ist unsere Geschichte unglaubwürdig.

Wolfshybriden wie Hellmuth mein Tamaskan-Rüde. Sind dem Wolf enorm ähnlich. Sie haben ein vergleichbares Fell, die erforderliche Größe und bewegen sich gleichermaßen wie Wölfe. Ein zweifelsfreies Unterscheidungsmerkmal gibt es nicht. Selbst Experten wie Sausmikat unterscheiden die Tiere oft nur, wenn das Tier stillsteht oder im richtigen Licht fotografiert ist. Bei den Spuren sind es geringfügige Abweichungen, die wir in unserem Fall mit einem Staubwedel kaschieren. Es ist ein Risiko Hellmuth als Wolfsdarsteller zu nutzen. Ich bin mir sicher das, mein Hund und ich das im Griff haben. Tamara und Uwe reden lange auf mich ein, aber ich sehe, dass wir nur mit Hellmuth eine Chance haben an Sewolt heranzukommen. Wir sind gehalten, ihn zu locken. Zu oft ist er im letzten Moment entwischt. Das überzeugt meine beiden Mitstreiter. Hellmuth nimmts gelassen, er weiß ja nicht, in welches Risiko ich ihn schicke.

*

Gottwald Defehrden - Tautorath, der gescheiterte Lokalpolitiker steht Knall auf Fall in der Detektei. Er bietet sich an zu helfen, hat vor wieder Positives zu bewirken. Da ist nichts mehr zu bewirken! Aber das begreift er nicht. Er hat die moralische Verantwortung für die Freveltaten von Sewolt Sausmikat. Seine Art der Wolfshetze im Wahlkampf hat Sewolt Sausmikat zu dem getrieben, was er im Augenblick ist. Ein Bankräuber und ein krankhafter, scheinbar schizophrener Wolfsmörder. Der Politiker hofft weiterhin, aus dieser Nummer ungeschoren heraus zu kommen. Den Zahn ziehe ich ihm.

«Herr Defehrden - Tautorath, wenn das hier beendet ist, haben wir genug Material, um Sie zu verklagen. Wegen Anstiftung zu einer Straftat und der Manipulation eines abhängigen Mitarbeiters. Das werden wir dann konsequent wie Sie uns kennen, vorbereiten!», teile ich ihm mit.

«Und jetzt bitte ich Sie, meine Detektei zu verlassen!», deute ich auf die Tür.

173

»Lupus caritate«
© 2020 Klaus-Dieter Budde
klaus.dieter.budde@gmail.com

Mit hochrotem Kopf verlässt er grußlos das Büro. Das bringt mich auf eine Idee, ich verziehe mich in mein Büro und setze einen langen Brief auf. Ich schildere den kompletten Sachverhalt, klugerweise emotionslos. Wie er fertig ist, stecke ich ihn in einen Umschlag und schreibe die Anschrift in Druckbuchstaben vorne auf das Kuvert.

Bundespräsidialamt
Spreeweg 1
10557 Berlin

Es obliegt der Politik, zu zeigen, wie sie damit umgeht, wenn einer der Ihren gefehlt hat. Ich bin gespannt.
*

Am frühen Morgen es dämmert, ist Sewolt im «Rüstje» wie die Einheimischen ihren Wald liebevoll nennen, mit Waffe und handlichem Rucksack unterwegs. Da er sich hier ausgezeichnet auskennt, umläuft er die Försterei in einem Bogen. Ebenso hält er sich von den Wegen fern. Es gibt genug Wildwechsel und Trampelpfade, auf denen er sich fortbewegt. Zwischendurch ist da eine Wolfsspur, im Folgenden eine ganze Weile wieder nichts. Der Wolf ist ein richtiger Stromer, der ziellos herumzieht. Sewolt hat zwar von diesen Einzelgängern gelesen, verfolgt hat er bisher keinen. Nur mit dem Quadrokopter, aber das ist ja zu profan. Nach stundenlanger Suche bricht er ab. Er eilt geschickt zu seinem Fahrzeug zurück, steigt ein und ruft mit einem Mobiltelefon die tiermedizinische Hochschule in Hannover an. Unter Umständen haben die ja Genaueres zu dem Einzelgänger Wolf im Rüstjer Forst. Kein Netz, zeigt das Display an. Es ist

»Lupus caritate«
© 2020 Klaus-Dieter Budde
klaus.dieter.budde@gmail.com

lächerlich! In einem Hi-Tech-Land wie Deutschland hat man, wenn es darauf ankommt, kein Netz. Beschämend ist das! Echt blamabel.

Sewolt fährt in Richtung nach Stade. Er hat sich die ganze Woche nicht rasiert und riskiert es, zum amerikanischen Fastfood Laden zu fahren. Erkennen wird ihn keiner. Zum andern ist es ihm egal, ob ihn jemand erkennt. Er hat dieses Versteckspiel mittlerweile über. Es ist herausfordernd, wie er dasitzt mitten auf dem Präsentierteller, ungepflegt, zottelig, mit abgerissener Tarnkleidung.

Er versucht es erneut in Hannover. Heute ist es anders wie sonst. Mit dem Hinweis das bisher Auskünfte gegen die Wölfe genutzt wurden, verweigert man jegliche Auskunft. Die haben dazugelernt, findet Sewolt Sausmikat, bedankt sich für das aufschlussreiche Gespräch und legt auf. Er fährt über die Geest zurück nach Appel.

*

Wir sind vor dem finalen Tag zusammengekommen. Ich begrüße die Teilnehmer, es sind bis auf Gottwald Defehrden - Tautorath, die gleichen wie bei der letzten bedeutsamen Arbeitsbesprechung.

Ich weihe alle in unseren Plan ein. Erstaunte Gesichter bei den Netzwerkern. Skepsis beim alten Doc. Genauso zustimmendes Kopfnicken, bestätigt unseren Mut.

«Wir haben ihn jetzt soweit! Ich denke, in den nächsten Tagen wird Sewolt Sausmikat zuschlagen!», mutmaße ich.

«Da wir aber das Spiel bestimmen, haben wir uns auf übermorgen festgelegt!», überrasche ich die Teilnehmer.

Ich schildere unsere Strategie. Zugegeben etwas Perfide ist das, was wir vorhaben. Aber mit Speck fängt man Mäuse.

Am nächsten Morgen steht ein bemerkenswerter Bericht über Wölfe und ihr artgerechtes Verhalten im Tageblatt. Sewolt liest es mit Erstaunen. Das hier ist authentisch recherchiert, neutral geschrieben und lässt die eigene Meinung der Leser zu. Ja fordert sie direkt heraus. Da steht Verschiedenes über das Verhalten der Menschen gegenüber dem Wolf, es gibt gleichermaßen Anleitungen von Wolfsexperten. Sie erklären, wie man sich einwandfrei verhält, für den Fall, dass man auf einen Wolf trifft. Abschließend ist da ein Hinweis im Bericht, der ihn aufhorchen lässt. Da fordert man eindeutig die Wolfsinteressierten Bürger auf, Morgen am Samstag nach Issendorf zu kommen. Dort hat man vor, den zahmen lieben Wolf einzufangen.

Man hat ihn mit Ködern dorthin gelockt. Es ist geplant ihn durch den Amtsveterinär betäuben zu lassen, um ihn später in die Lüneburger Heide zu verbringen. Sewolt ist sowas von aus dem Häuschen. Das ist das, was er gesucht hat. Endlich wird er Öffentlichkeit haben und die Menschen werden mit eigenen Augen sehen, dass er es redlich mit ihnen meint. Er macht sich gleich an die Arbeit, um seinen Auftritt vorzubereiten.

*

Ich habe lange mit Hellmuth für unseren Einsatz trainiert, heute ist das Abschlusstraining. Meine Trainerin aus der Hundeschule hat mit mir ein Ablaufszenario einstudiert. Hellmuth steht dabei im Mittelpunkt. Er springt auf mein Kommando in eine tiefe Grube, mehr nicht. Aber genau das ist der Punkt.

«Denk daran, wenn er nicht hineinspringt, kannst du ihm nicht mehr helfen! Dann ist alles zu spät!», gibt mir die

Hundetrainerin mit auf den Weg.

Gedankenversunken und schweigsam fahren wir zurück zur Hundeschule. Hier treffen wir die anderen Protagonisten und sprechen explizit jedes Detail ab. Auf einer Karte zeige ich jedem nochmal seinen genauen Standort. Die Kommunikation untereinander ist abgesprochen. Wir haben das einmal vor Ort geprobt. Die Absicht ist, um unnötige Spuren zu vermeiden, nicht zu oft im Waldstück zu üben.

«Alles klar? Hat jemand jetzt Fragen? Ok, dann sehen wir uns morgen um 05:30 Uhr auf dem Parkplatz Harsefelder Straße. Das ist dort bei dem Vita-Parcours!»

Die Teilnehmer nicken zustimmend und verabschieden sich.

*

Vier Uhr, der Radiowecker erzeugt einen Höllenlärm. Sewolt stellt den Timer leiser und steht auf. Er duscht sich im Bad, rasiert sich und gelt sein Haar. Heute ist es an der Zeit, dass ihn alle sehen, da ist anständiges Aussehen Pflicht. Er prüft die auserkorene Waffe und steckt sich die Pistole hinten in den Hosenbund. Zieht seine Parka- ähnliche «Schimanski-Jacke» an, schiebt sich die olivfarbene Pudelmütze über den Kopf und verlässt ohne Frühstück das Haus. In Buxtehude hält er beim Trump'schen Fastfood-Schuppen an und gönnt sich ein Frühstück. Später fährt er über die B 73 bis nach Horneburg. Von hier aus lenkt Sewolt Sausmikat seinen Wagen bis zum Gutshof Daudiek.

Er versteckt seinen Wagen heute nicht. Sondern stellt ihn ohne Schwierigkeiten zu den geparkten Autos der dortigen Mieter. Sewolt greift seinen Rucksack und das Jagdgewehr und marschiert, ohne sich zu verstecken, in Richtung Issendorf.

177

»Lupus caritate«
© 2020 Klaus-Dieter Budde
klaus.dieter.budde@gmail.com

Jeder der ihn sieht, wird denken, er ist ein Jäger auf dem Weg zu seinem Revier.

Wie er sich etwas später hinter einem Schweinemaststall in Richtung Harsefelder Straße vor bewegt, sieht er in der Ferne die zugeparkten Straßenseiten. Geschäftig hasten die Menschen mit ihren Kameras zum Kreisel. Da er nicht weiß, wo das Ganze genau stattfindet. Wechselt er die Straßenseite. Er versucht es aus Richtung Harsefeld.

Zwanzig Minuten später merkt er, dass er auf dem richtigen Weg ist. Die schaulustigen Menschen mit ihren Kameras hat man oben an der Straße beim Kreisel hinter Flatterband in Stellung gebracht. Am Rand einer Senke im Forst sieht er den Amtsveterinär, der dort mit seinem Betäubungsgewehr in Stellung geht.

Sewolt schleicht sich aus östlicher Richtung an. Von dem Wolf ist bislang nichts zu sehen. Er beobachtet wie ein Jäger Köder auslegt, um den Wolf zu locken. Sewolt hört ein Raunen von oben, wo sich die Schaulustigen versammelt haben.

Dann sieht er ihn. Einen grauen Wolf, ein eindrucksvolles Tier. Sewolt packt das Gewehr, wählt den liegenden Anschlag und visiert den Wolf durch die Optik an. Das ist gar nicht so anspruchslos, kurzes Buschwerk versperrt oft die Sicht auf den Wolf.

Jetzt! Denkt er, schließt kurz die Augen um sich zu sammeln, als ihm just in dem Moment, jemand die Waffe aus der Hand tritt. Das Geschoss verliert sich jaulend in einem Eichenstamm. Sewolt schaut fassungslos in die Augen eines vermummten Beamten der Bundespolizei. Wo ist der Wolf? Der hat sich doch nicht in Luft aufgelöst. Jetzt stürmen Beamte mit automatischen Waffen auf ihn zu.

»Lupus caritate«
© *2020 Klaus-Dieter Budde*
klaus.dieter.budde@gmail.com

«Halt, liegen bleiben! Nehmen Sie die Hände hoch!», rufen alle gleichzeitig auf ihn ein.

Sewolt Sausmikat hat verloren. Den Kampf gegen die Wölfe, die Anerkennung der Menschen und gleichermaßen seine Kraft. Er lässt sich teilnahmslos abführen.

«Eine verdammte Falle ist das!», schimpft er.

Mit der Wut kommt, die Erleichterung und er weint haltlos in sich hinein.

Ich sitze in meinem Erdloch, mein Hund Hellmuth vor mir in der Grube und warte bis ich von Uwe das «Ok!» Bekomme, um das Versteck sicher zu verlassen. Mit Hellmuth an der Leine eile ich zu den anderen. Die sich nach und nach beim Kreisel Versammeln.

Der Staatsanwalt und ein Pressesprecher der Polizei, erklären den anwesenden Menschen den tatsächlichen Grund dieser Aktion. Wie der Staatsanwalt erklärt, dass der Wolfsmörder festgenommen ist. Applaudieren die Menschen.

Ich bedanke mich bei allen, die mitgeholfen haben, Sewolt Sausmikat zu erhaschen. Steige mit Hellmuth zu Uwe und Tamara in den Wagen, wir fahren nach Stade. Für mich ist nichts mehr zu arbeiten, der Fall ist abgeschlossen.

*

Zwei Wochen nach der Festnahme von Sewolt Sausmikat, erhebt der Staatsanwalt Anklage. Ebenfalls wird gegen Gottwald Defehrden-Tautorath dem Politiker ein Ermittlungsverfahren eingeleitet. Worauf dieser seinen Lebensmut verliert.

Ende

»Lupus caritate«
© 2020 Klaus-Dieter Budde
klaus.dieter.budde@gmail.com

Wer das Licht der Welt erblickt, wird das Dunkel schon noch kennenlernen.

(Joachim Ringelnatz)

Dieses Buch widme ich fünf treuen Begleitern aus der gemeinsamen Dog-Trekking-Gruppe. Die leider zu früh über die Regenbogenbrücke gegangen sind. Nikita, Muffin, Mailo, Riff und Gismo.

Ein Dankeschön an alle, die ich mit meinen Buchprojekten genervt habe. Hier möchte ich meine geduldige Ehefrau voranstellen. Dann folgen schon die Mitstreiter vom Dog-Trekking, denen ich bei langen Wanderungen von den Fortschritten meiner Projekte berichtete. Ich danke Elke, für die Unterstützung mit ihrer umfangreichen Wolfslektüre. Das hat mir geholfen den Wolf und seine Verhaltensweisen besser zu verstehen.

»Lupus caritate«
© 2020 Klaus-Dieter Budde
klaus.dieter.budde@gmail.com